Fragments au-delà du rêve

Fragments au-delà du rêve

Éditeur : BoD-Books on Demand
12-14 rond-point des Champs-Élysées, 75008 Paris
Impression : Books on Demand, Norderstedt, Allemagne

Illustration : Nathalie Julien

ISBN : 978-2-8106-2112-5

LA REINE BLANCHE

Je suis la Reine Blanche, une ancienne guerrière qui a décidé de poser l'armure pour la remplacer par une écorce de douceur et d'amour. Je continue à m'entraîner au combat comme un jeu, plus par discipline pour le corps et l'esprit que par nécessité et le feu couve encore mais je prie souvent pour que ne se ranime pas l'ardeur furieuse. J'étais noire comme la nuit et mes pleurs m'ont blanchie. J'ai été adulée et crainte ; maintenant, je demande juste à être aimée. Mon corps a vieilli, durci, mais mon cœur s'est purifié. Les hommes m'ont brisée, les femmes m'ont soignée. Je suis devenue magicienne mais j'ai refusé d'être Médée. J'ai tant de cicatrices que je ne peux les compter et c'est les mains nues que j'offre ma chaleur à ceux qui peuvent l'accepter. D'avoir côtoyé la mort si longtemps m'a rendu apte à voir le secret de la vie. La souffrance m'a appris à guérir toutes les blessures. Un jour, quand vous serez calmes, je vous raconterai mon histoire. En attendant, dormez bien mes beaux enfants, la vie vous attend, mon amour et ma magie vous protègent.

LA GUERRE EST FINIE

Elle marche dans la ville morte, cherchant son chemin parmi les ruines. Parfois une façade colorée encore debout lui rappelle le bruit et la vie des jours de paix. Maintenant tout est calme, étouffé par la fumée et la poussière issues des décombres. La sueur colle sa lourde cape sur son corps meurtri. Elle avance les mains vides, ses armes ne peuvent plus lui servir à rien car il n'y a personne, aucun mouvement, aucun danger. Elle marche vers son refuge, le Temple qui doit être encore là et où elle sait qu'elle pourra enfin se reposer. Tant de jours et de nuits de combat, tant d'amis perdus dont les cris résonnent encore au rythme de ses bottes qui heurtent les pavés. Survivre a toujours été son seul but, les combats ont durci son corps et son esprit mais la guerre est finie et il n'y a plus personne à combattre. Au pied des marches elle sourit ; le bâtiment est là comme une promesse. Le long des escaliers, la douleur se réveille et danse dans son corps. Elle grimace, plus besoin de cacher sa souffrance, de faire semblant d'être forte, autant l'accepter comme la preuve qu'elle est encore en vie. Toutes ses blessures se rouvrent, jusqu'aux plus anciennes et le sang goutte sur la pierre usée des marches ; rapidement, des ombres en émergent, s'étirent et l'enveloppent, la tourmentent. Elle tente de les repousser mais ses mains battent dans le vide, elle lutte, se débat. À bout de forces, elle tire son épée en hurlant contre le ciel qui lui refuse le repos. Mais son bras est trop faible et son arme, compagne de tant d'aventures, lui échappe et va sombrer dans les escaliers. Elle tombe à genoux, en pleurs. Derrière les larmes, les fantômes ont disparu. Elle se redresse difficilement et avance pas à pas, le regard humide fixé uniquement sur la prochaine marche. Le porche enfin, et les talons qui claquent sur le marbre, pièce après pièce sans réveiller les esprits des lieux. Dans la dernière pièce, elle retrouve le chant apaisant de la source sacrée. L'eau du bassin a des reflets bleu-vert. Elle plonge les mains, boit avec avidité et commence à laver ses bras du sang qui les recouvre tel une carapace craquelée ; son sang, celui de ses proches et de ses ennemis. Elle détache sa cape et son lourd ceinturon, enlève ses bottes et s'enfonce dans le bassin pour purifier son corps. L'eau est douce, si claire qu'elle ne paraît pas si profonde. Des éclats de sang, de sueur et de poussière quittent lentement son corps qui révèle sa blancheur entre les zébrures des blessures dans l'ondulation de ses vêtements écharpés. Le calme l'enveloppe et elle sombre doucement jusqu'à s'immerger complètement. Le repos enfin. Elle se laisse couler. Ne plus lutter, dormir, bercée par les mouvements de l'eau. « Non ! ». L'envie de vivre est la plus forte ; elle ressort violemment la tête pour respirer malgré la douleur dans sa cage thoracique et revient précipitamment vers le bord. Elle se traîne au sec et s'enroule dans sa cape, recroquevillée et gémissante. Pourquoi refuser de partir alors qu'il est si difficile de continuer ? Pourquoi n'a-t-elle pas ce dernier courage qui la condamne à rester seule ? Elle demeure ainsi longtemps, perdue dans les souvenirs de batailles dont la fureur s'est déchaînée en vain, les visages passent et s'effacent, parfois souriant, le plus souvent déformés par la douleur ou la colère, des chevaux qui se cabrent dans les flammes, le cri de l'acier sur les armures, les éclairs des blessures qu'elle a reçues et qu'elle a infligées, le goût de la peur et de la mort qui lui poissent encore la bouche. Au loin, doucement monte un chant, juste un murmure du passé, une litanie qui s'installe progressivement. Elle marche vers le fond de la pièce jusqu'à l'arbre tutélaire dans les racines duquel naît la source. Cet arbre a toujours été là, le Temple a été bâti autour, et ses plus hautes branches se perdent dans la pénombre du plafond. Elle pose doucement ses paumes et son front contre la mousse parfumée du tronc. Lentement elle récite l'antique incantation dont elle croyait les paroles perdues dans son enfance. Des mots qui soignent l'âme déchirée des enfants perdus. Elle a enfin retrouvé le passage et plonge au cœur de la source vers un étroit boyau qui la fait déboucher dans une grotte sombre uniquement éclairée par le feu de l'autel. Elle s'approche, fascinée par les flammes mais son corps l'alerte. Une présence dans l'ombre. Un homme. L'odeur du sang. Il s'avance d'un pas dans la lumière. Les flammes attisent son regard noir et dessinent les sillons de son visage épuisé. Son corps souple porte aussi les marques de nombreuses batailles. Longtemps ils se regardent, ils se mesurent, ils attendent l'attaque et se tournent autour en un ballet guerrier. Quand il avance la main, elle porte rapidement la main à sa hanche mais elle est sans armes. Son poing se ferme, la douleur qui éclate dans ses phalanges la fait gémir. Non, elle ne veut plus combattre. Elle se tend alors en anticipant le choc du coup porté mais la main de l'homme se contente d'effleurer son bras, suivant la trace de sa blessure. Elle répond vivement d'un geste semblable sur l'entaille du torse. La danse continue où chacun découvre les blessures de l'autre avec douceur et respect. Sous l'onguent des caresses, les corps se rapprochent peu à peu. Quand enfin ils se sourient, ils se reconnaissent ; après s'être perdus depuis si longtemps, ils sont à nouveau réunis. Ils resteront là le temps de guérir leurs corps et leurs cœurs épuisés, endormis l'un contre l'autre avant d'aller réinventer la vie.

Comme un homme, j'ai volé, violé, pillé, tué, torturé et jadis de nombreuses contrées résonnaient du mal que j'y faisais. J'ai combattu des hommes, j'ai combattu des idées, j'ai combattu des monstres et des démons ; mon dernier combat était contre moi-même et je ne suis pas sûre qu'il soit fini... J'ai appris à manier de nombreuses armes et toutes les techniques pour me défendre et attaquer, sans jamais fuir l'affrontement. Ma colère a brûlé de nombreuses années et a retenti dans les plaines. Mon regard avait le pouvoir de figer mes proies et je ne voyais que la peur dans le peu de visages qui osaient encore s'approcher. Les gens me croyaient libre alors que j'étais prisonnière de mes propres flammes. Pourtant, quand parfois un regard arrivait à accrocher le mien et le soutenir quelques instants, un vague espoir d'humanité me venait mais les yeux qui me fixaient se desséchaient vite au contact de ma fureur. Je me suis tellement usée que j'ai eu l'impression d'avoir mille ans. Alors, enfin, je me suis arrêtée pour regarder... et j'ai pu voir les fissures dans les statues que l'on m'avait consacrée.

DERRIÈRE LE MUR DE FLAMMES

Voyez cette femme derrière le mur de flammes. Elle est belle. Elle semble à la fois forte et fragile. Son regard est doux et parfois ses lèvres murmurent des mots simples et envoûtants. Elle ouvre les bras pour vous accueillir, elle tend la main pour que vous veniez à elle. Elle vous fascine et le désir vous prend. Quand vous êtes passé auprès d'elle, ce sont les flammes qui vous ont intrigué et maintenant que vous êtes arrêté, vous aimeriez pouvoir les franchir pour la rejoindre. Vous restez un moment et le feu vous réchauffe mais en faisant un pas de plus, un pas de trop, il vous mord cruellement la chair et vous reculez très vite. Alors, avec peut-être un dernier regard de regret, vous vous éloignez d'elle et reprenez votre chemin en rêvant à la douceur de son corps contre votre peau.

Maintenant, imaginez que vous êtes de l'autre côté du mur, par-delà les flammes, essayez de ressentir ce qu'elle vit à chaque passant. Voir dans les yeux d'un homme le désir qui vient, qui déborde, espérer qu'enfin un corps viendra contre elle la réchauffer, la guérir de ses années de solitude. Le voir rester, hésiter, s'interroger en fixant la danse des flammes. Et son angoisse monte, elle n'ose plus y croire d'y avoir tellement cru et pourtant, elle en a tellement envie, elle en a besoin. Elle se souvient d'avoir vu un homme, fasciné par les lueurs, se jeter dans le feu avec un regard étrange. Elle l'a regardé longtemps se consumer sans rien pouvoir y faire. Parfois un être un peu plus brave, un peu plus pur, arrive à s'approcher et en tendant la main, elle arrive presque à le toucher mais il se recule brusquement et s'enfuit très vite. Imaginez sa détresse, imaginez son désarroi de les voir à chaque fois craindre ce qu'elle sait être une illusion, le résultat d'un ancien sortilège, tissé il y a si longtemps qu'elle en a oublié les mots, alors qu'elle sait que ses flammes n'existeraient pas pour celui qui la regarderait avec son cœur, sans attente ni désire de possession. Même si à chaque fois son être se déchire, dès qu'un pas ralentit à son approche, elle lève encore ses yeux débordant de l'espoir de pouvoir enfin donner tout l'amour dont elle se sait capable. Alors elle rêve qu'un jour elle arrivera à ouvrir une brèche et pourra s'enfuir, loin, dans le froid, et elle se demande comment serait la vie sans cette chaleur. Mais où qu'elle aille, les flammes s'accrochent à elle, jouent sur sa peau, lèchent son visage et parfois glissent dans ses yeux.

Imaginez ce qu'elle peut penser lorsqu'après avoir lu un désir intense dans tout leur corps, à chaque fois en s'approchant, elle voit grandir l'effroi et la peur jusqu'à ce qu'ils se détournent d'elle brutalement. Elle a essayé de fermer les yeux, de dormir, de renoncer mais dès qu'elle sent une présence, elle ne peut résister à son propre désir, à l'espoir de sortir de son propre enfer.

Si vous la rencontrez, essayez de la regarder avec compassion plutôt qu'avec un désir qui ne fera qu'activer le brasier.

J'ai eu un royaume jadis, une terre que je croyais fertile à jamais. Les récoltes étaient magnifiques et les enfants grandissaient beaux et joyeux. Avec mon compagnon souverain, nous chevauchions souvent la nuit, nous partions pour des escapades sans but, ivres et éperdus de jeunesse et de folie. Nous avions l'orgueil des dieux déchus et nous jetions notre morgue à la face des pauvres ordinaires. Ensemble nous paraissions invincibles et personne n'osait s'approcher de notre zone de combat.

J'ai construit ma prison

Au rythme de mes illusions

Et de mes peurs.

J'en ronge doucement les barreaux

Et chaque espace libéré

Me fait découvrir un mouvement

Dont j'avais oublié la possibilité.

Le but n'est pas la fuite

Vers d'autres cages plus délicates,

Mieux ouvragées,

Mais juste étendre mes ailes,

Apprendre à voler

Et revenir me reposer

Dans mon vieux refuge

Ouvert à tous les vents

BARREAUX À LA FENÊTRE

Au hasard de mon labyrinthe, j'ai débouché sur une pièce. Très grande, ronde, des murs en pierre, avec un plafond en coupole décoré, beaucoup de fenêtres donnant sur un ciel bleu et de nombreuses personnes, dansant, souriant, s'amusant au rythme d'une musique imaginaire. L'endroit m'a plu, j'ai voulu y rester, me reposer de mes errances. Je n'ai pas remarqué tout de suite que la porte avait disparu. J'étais toute à ma découverte des personnages colorés qui déambulaient. J'allais de l'un à l'autre, je les observais, mais lorsque je leur parlais, ils me regardaient étrangement et détournaient les yeux et leur pas. Peu à peu, ces figures ont disparu et j'eus alors la surprise de me retrouver seule au milieu de la pièce. Et là, j'ai réalisé que les fenêtres avaient toutes été recouvertes par le mur. Il n'en restait qu'une à travers laquelle je voyais encore le ciel. J'ai sillonné l'espace, à la recherche d'une trace de vie. Plus rien. J'étais seule avec cette unique fenêtre comme horizon. Je m'en suis approchée avec espoir lorsque j'ai vu les barreaux apparaître brutalement, coupant toute perspective. J'ai pris conscience du profond silence, dans mon cœur, dans mon esprit. Je me suis assise au milieu de la pièce. Tic, tac, tic, tac, le mouvement s'active dans mon ventre, tic, tac, tic, tac, la solution est en moi, tic, tac, tic, tac, seule façon de reconquérir la liberté, tic, tac, tic, tac, porter l'arme de destruction en moi, tic, tac, tic, tac, générer moi-même l'énergie qui m'anéantira, tic, tac, tic, tac, je suis ma propre bombe, tic, tac, tic, tac, mon ventre palpite, le pouvoir est là, le choix m'appartient, tic, tac, tic, tac, tic, tac, tic, tac, l'explosion m'emplit, lumière, bruit, vibration, point précis de déflagration, la mort peut être, la liberté sûrement, pendant un instant, plus rien n'existe puis les murs oscillent et s'écroulent, vulgaire décor de carton, prison de papier, je vois tous les fantômes s'échapper de ma blessure, je me lève avec un trou béant dans le ventre, je sens le vent au travers et j'avance, les yeux fixés vers le bleu du ciel que plus rien ne filtre.

> *Pourtant la terre a fini par se dessécher. J'ai tout tenté pour sauver la récolte à venir mais il m'a fallu me résigner ; il était temps de repartir vers d'autres contrées sauvages.*

Le merle sous le lilas

Protège son repas

De la pluie d'été

JUNGLE

La jungle. Dense. Étouffante. Je ne sais même pas s'il fait jour, je suis entourée d'une lumière vert sombre, organique, tout horizon bouché. J'avance pas à pas, je lève la machette, je tranche, parfois je rate, je reprends, le bras se lasse, un pas, je lève, je coupe, je ne cherche pas à distinguer ce que je coupe, je frappe juste devant moi, mécaniquement, pauvre robot qui ne sait qu'avancer, jamais un regard vers l'arrière, lever, couper, quelle importance le type d'arbre ou de liane, l'obscurité ne me permet même pas de faire la différence et seule compte la résistance à la lame, la densité de l'obstacle. Je sais juste une chose, je dois avancer. Je suis tellement fatiguée, usée, que je n'ai plus la peur initiale des dangers qui peuvent surgir, insectes, reptiles ou prédateurs, je n'ai plus la force d'avoir peur, juste lever et couper, avancer d'un petit pas, oublier la fatigue, ne plus sentir les mains en sang, ne pas penser au pourquoi, ne pas me demander si je dois avancer, à quoi bon le faire, pourquoi je suis là, pourquoi ne pas retourner sur mes pas, non, juste avancer, couper, relâcher les muscles du bras le plus possible pour pouvoir lever encore une fois, sans penser à avant, sans penser à après…

> *Quand le voile se déchire et que l'on n'attend plus rien, il n'y a plus de déceptions, plus d'abandon...*

Les branches de bambou se courbent

Sous les larmes du matin

Pluie d'été

ABSENCE

Quand la Bête s'en va, au début on ne remarque rien. Puis on s'étonne d'une vague sensation de soulagement sans en connaître la cause. Peu à peu, la conviction se forme et l'inquiétude monte, elle n'est plus là, où est-elle ? Est-elle tapie, à guetter le moment où on baisse la garde pour mieux attaquer ? Alors on tourne et se retourne, on cherche dans chaque pénombre, on fouille tous les recoins, toujours rien. Va-t-elle revenir imposer des blessures encore plus cruelles d'avoir goûté son absence ? Mais rien, le monstre est parti et plus rien ne ronge les entrailles. Alors le vide prend corps, le dragon familier avec lequel nous avons grandi, ce vieux compagnon de route n'est plus là pour se mesurer, pour crier son envie de survivre, comment vivre alors sans ce combat constant, sans cet habituel affrontement qui nous fait exister contre lui, malgré lui ? Peut-on profiter du repos sans ce qui nous a rendu plus fort, comment se définir, se connaître dans la paix ? La vie sera-t-elle si intense seule face à soi-même ? Quand les bras se baissent, est-ce par fatigue ou par lâcheté ? Toute l'énergie tendue pour s'imposer à la vie, qu'en faire maintenant ? L'amour peut-il exister sans la haine, la vie sans la lutte ? Le deuil du démon familier se fait pas à pas, au rythme de la découverte, de la force de survivre vers la douceur de vivre, d'étonnements quotidiens, de petites victoires.

Mon ennemi si intime m'a quittée, j'ai envie de rire et de pleurer.

Quand j'ai compris que mon royaume pouvait s'étendre à la terre entière, j'ai enfin été libre d'aller où je voulais. J'ai arrêté de préparer les prochaines récoltes pour me contenter de ce qui poussait sur les arbres trouvés en chemin. Dans mon univers nomade, les souverains allaient et venaient, au rythme de mon pas. J'ai rencontré un roi fatigué du poids de sa couronne avec dans les yeux l'éclat de sa jeunesse qu'il n'avait pas vécue. J'ai rencontré un voyageur qui avait tant cherché à rêver qu'il n'y arrivait plus. J'ai rencontré un troubadour qui marchait pieds nus, les cheveux au vent. En me prenant dans leurs bras, ils ont tous été émus par mon sourire et l'élan de vie qui les emportait. Ils sont repartis avec dans le cœur l'étincelle que j'avais semée et que j'espère ils pourront transmettre. Quand ceux que je rencontrais voulaient me dompter, je m'échappais dans un rire et aucun n'a pu m'exhiber en trophée ; je me suis offerte sans retenue, sans promesse de lendemain et cela donnait à ces instants un goût d'éternité.

LA MADONE DES PAUMÉS

La Madone des Paumés a les yeux grands ouverts, pleins d'une douceur qu'ils n'ont jamais connue. Quand elle les prend dans ses bras, ils ressentent sa force et sa chaleur, le lien avec la terre et le ciel qui leur ouvre une porte jusqu'à leur âme. Elle donne sans attendre et sourit en les embrassant avec tellement d'intensité qu'ils sont étonnés de pouvoir faire du bien tout en en recevant aussi. Sa voix calme leur dit que la vie est belle et quand son corps frémit sous leurs mains, ils arrivent à y croire. Elle sait les écouter raconter leur vie, leurs peines et leurs rêves secrets et ses yeux leur disent de garder l'espoir, de continuer d'y croire, de ne pas perdre pied. Elle leur montre la mer et ses sortilèges, le mouvement des feuilles et le chant des mats qui parle de voyages. Ils viennent de tous les horizons, au hasard de leur chemin pour la rencontrer. Riche ou pauvre, jeune ou vieux, elle ne voit que la lumière qu'ils ont enfouie en eux. Elle a le cœur assez grand pour accueillir tous ceux qui savent aller au-delà de leur peur de quitter le malheur qui, à force d'habitude, finit par les rassurer. Elle sait les bercer et les envelopper de douceur et d'énergie, murmurer des mots qui calment leur douleur et quand leur corps repose relâché, fatigué, apaisé auprès d'elle, elle sait partir pour les laisser rêver. Peut-être un jour, quand vous en aurez besoin, vous la croiserez et reconnaîtrez son sourire qui dit que chacun peut écouter battre son cœur et, pour un instant, l'accorder à la pulsation du monde entier. S'ils viennent la main ouverte et le cœur sincère, elle les accueille en souriant mais si les doigts se crispent pour l'attraper, elle s'échappe d'un mouvement fluide, sans prendre la peine de répondre à leurs questions.

J'ai eu beaucoup de noms, mais nul n'a jamais connu le vrai, celui que ma mère me murmurait à l'oreille avant de dormir, celui-là je l'ai tenu caché. Nul n'a pu s'approprier ce pouvoir sur moi. J'ai fini par oublier mon âge, les jours ont passé en glissant sur moi, je nais chaque matin en ouvrant les yeux, émerveillée comme un enfant devant ce que je découvre. D'avoir été la noirceur me fait mieux apprécier la beauté de chaque instant. Et si les tourments ont blanchi ma crinière, mes yeux reflètent encore la joie d'être toujours vivante.

Ciel gris

Bruit de la ville

Le bambou reste droit

LE CHAT

Le Chat marche à pas lents dans les rues ventées. Il s'arrête parfois pour regarder les feuilles danser puis reprend son chemin, porté par les odeurs et les couleurs de la vie. Quand il trouve un endroit abrité, il aime s'y lover quelque temps, il s'assoit, il observe de ses grands yeux tranquilles, il économise ses mouvements pour ne pas perturber l'agitation autour de lui, il s'amuse parfois des grands ébats qu'il suit sans avoir l'air de s'y intéresser, des grands émois qu'il scrute avec attention sans paraître impliqué. Quand l'atmosphère s'alourdit, il part sans regarder en arrière vers d'autres lieux douillets ou vers son antre secret qu'il aime préserver. Il apprécie la chaleur, les caresses mais se défend de tout attachement, avec orgueil il garde sa liberté d'aller et venir, sans contrainte ni regret. L'approcher demande patience, accepter qu'à tout moment la griffe remplace le velours. Quand il pense à toutes les caresses qu'il a reçues, ses muscles se détendent et il s'enfouit dans la torpeur. Le Chat ne joue pas aux mêmes jeux que les autres, les ficelles grossières ne l'attirent pas mais parfois on peut le surprendre à faire une pirouette ou à courir après sa queue ; essoufflé alors, il s'arrête pour se moquer de lui. L'approche précautionneuse de ceux qui veulent le toucher ne finit pas de l'étonner et de l'intriguer.

Parfois dans ses yeux passent rapidement des nuages aux couleurs variées ; à d'autres moments des flammes embrasent son regard rappelant qu'il est familier du démon et nul n'ose s'approcher. Mais souvent on ne discerne qu'une étincelle d'amusement et du détachement qui signifie qu'à tout moment, il peut être ailleurs.

Quand d'un coup ses yeux se plissent, leur profondeur lit jusqu'au fond des âmes.

> *Je tisse patiemment mon armure de lumière de fils multicolores aux teintes variées de la vie et de mes émotions. C'est un travail lent et minutieux, qui requiert attention et conscience, écoute et ouverture et si je me blesse sur un fil trop rugueux, je le travaille jusqu'à ce qu'il s'adoucisse assez pour se mêler aux autres avec harmonie. Même les fils noirs trouvent leur utilité pour mettre en valeur le reflet des autres. Chaque point nécessite une profonde magie qui parfois m'épuise et je laisse alors mon ouvrage à d'autres mains, à d'autres mots, qu'ils en apprécient la texture, qu'ils me montrent les endroits encore fragiles ou grossiers et que leurs regards étonnés m'encouragent à persévérer. Aurai-je un jour fini cette tâche que certains jugent imbécile ? Si elle est inutile, mon travail n'en est-il pas plus beau ? L'éclat de certains regards, de certains sourires me suffit comme récompense et si le jour de ma mort je les emporte, qui peut dire que ma vie aura été vaine ?*

LA TZIGANE

Elle marche pieds nus dans les rues encombrées. Ses vêtements bigarrés dansent au rythme de ses hanches. Elle avance avec fierté, feignant de ne pas remarquer les regards en biais et toise de toute sa morgue les bourgeois dérangés par sa poitrine épanouie. Lorsqu'elle s'arrête pour parler, ses bracelets tintent, battent la mesure de ses histoires débridées et son rire parfois décore toute la cité. Son chant profond traverse les fenêtres fermées et lorsqu'elle s'est assez amusée de faire trembler les bonnes mœurs courroucées, elle repart en flânant vers un autre quartier, laissant chacun rêver à son corps enflammé.

MIROIR, MON BEAU MIROIR

J'arrive dans une pièce immense, vide et sombre. Je suis fatiguée d'avoir marché, d'avoir lutté, d'avoir creusé pour suffisamment dégager le boyau afin de pouvoir me faufiler au centre de la terre. Je suis déçue de ce que je trouve. Lorsque ma vue s'est dégagée, j'ai pensé que j'allais enfin trouver le trésor que je cherchais depuis si longtemps. Et me voici dans une pièce vide. Je m'écroule par terre et me met à pleurer de fatigue et de frustration. Peu à peu, à mesure que je me calme, je me rends compte que le sol est chaud, vibrant d'une pulsation régulière qui résonne dans mon corps comme une musique lointaine. Je me laisse bercer jusqu'à retrouver quelques forces. Mes yeux parcourent la pièce et je perçois un reflet à l'autre bout. Lentement, résignée, je me dirige doucement vers l'éclat entr'aperçu. Niché dans la muraille, je découvre un tissu précieux qui dissimule un miroir immense, lourd, imposant. Je le dégage péniblement de sa cachette et je regarde l'objet. J'y découvre une femme grande, très belle qui chante et qui danse, entourée de lumière, elle me sourit avec bonheur et l'éclat de ses yeux me raconte la joie de vivre. Je reste fascinée, à l'observer bouger avec grâce, envoûtée par son chant, je ne me demande même pas d'où vient cette image, je suis juste plongée dans sa contemplation et plus rien n'existe. Sa lumière me réchauffe et j'éclate parfois de rire lorsqu'elle sautille malicieusement. Le temps s'est arrêté et je ne suis qu'admiration, à la limite de l'extase. Doucement cependant vient se superposer au chant comme une plainte derrière moi, gémissements et sanglots qui peu à peu prédominent et s'imposent. Comment quelqu'un peut-il être triste, peut-il souffrir devant un tel spectacle ? J'essaie d'oublier ce bruit, de revenir à mon état originel, plongée dans l'image qui virevolte sous mes yeux mais progressivement mon ventre se noue et je recule pas à pas, je m'éloigne de la douceur, de la joie, guidée par les pleurs. Quand j'atteins l'autre côté de la pièce, je découvre la même chose que précédemment, une niche abritant un autre miroir et lorsque je le dégage de multiples tissus sordides et usés, je distingue difficilement une forme sombre, recroquevillée. Son corps se tord au rythme de ses gémissements qui montent régulièrement, puissamment de tout son être. Des mouvements nerveux, saccadés l'agitent en tous sens, sur un rythme violent comme un pantin erratique, il se plie, il se courbe, il se déforme. De son visage, je ne vois que les yeux humides et malveillants qui me figent. Je suis paralysée, peur, tristesse, désarroi. Parfois les pleurs se transforment en sifflements agressifs qui s'accrochent à mon corps et m'empêchent de bouger. Peu à peu, en observant cette créature, je m'aperçois qu'elle me fascine encore plus fortement que la première image, que j'ai envie de rester là, de me perdre dans ce que je vois même si je ne le comprends pas, m'engloutir dans la douleur qui monte de mon ventre et me remplit, et je me mets à accompagner ces expressions de désespoir de tout mon corps, de ma voix, de mes mains qui lui font cortège. La douleur s'amplifie, la fureur m'envahit jusqu'à exploser dans ma tête comme une évidence, dans un complet renoncement, plus rien, le noir, le silence, le vide, alors seulement la musique revient, je me rappelle les chants et les danses, le souvenir de la lumière dans la complète obscurité me fait reprendre pied doucement. Je sais maintenant ce que je dois faire, pourquoi je suis là, ce que j'ai trouvé. Je replace les pièces de tissu sur les miroirs pour ne plus être perturbée et lentement, je commence ma tâche, je traîne chacun au milieu de la pièce, face à face. Souvent mes mains glissent, mes bras m'abandonnent mais je continue, à la limite de mes forces. Quand les deux miroirs sont en place, j'enlève les tissus ; j'ai peur mais je sais que je n'ai pas le choix alors j'avance entre les deux surfaces afin qu'ils me reflètent et que chaque reflet réponde à l'autre dans une perspective infinie. Spontanément, un cri primal jaillit de mon ventre tandis que les miroirs volent en éclat qui s'incrustent dans ma chair, me pénètrent et s'unissent au plus profond de moi. Les murs de la pièce s'effritent et tombent, je me retrouve dans un paysage dégagé et je prends une grande bouffée d'air, comme si je respirais pour la première fois. La vie, tout simplement.

> *Les fils se tissent, se tordent, s'écartent, s'emmêlent, se nouent, se cassent dans un motif toujours différent. Un peu de solitude. Parfois, je suis fatiguée.*

Trop de livres

Trop de mots

Bienfait du silence

J'aime ma solitude pour tout ce qu'elle m'a appris.

J'aime ma solitude car elle ma compagne la plus fidèle.

J'aime ma solitude car je sais qu'à tout moment, je peux la retrouver.

J'aime ma solitude car elle me permet de tenir debout.

J'aime ma solitude comme l'une de mes plus grandes richesses que personne ne peut me voler.

J'aime ma solitude car elle est mon plus bel espace de liberté.

J'aime ma solitude car je sais qu'au moment de ma mort, Elle sera là, même si j'ai encore la faiblesse d'espérer qu'il y ait du monde à mes funérailles…

LABYRINTHE

Il ne savait plus vraiment depuis combien de temps il tournait dans les galeries ; il n'arrivait pas à se rappeler pourquoi Ils l'avaient placé dans ce labyrinthe. Il ne savait qu'une chose ; il devait trouver le Minotaure. Ses pensées se faisaient moins précises au fur et à mesure de sa marche. Il errait à travers les couloirs blancs et froids et quand il retrouvait un point d'eau, il se ruait sur la bouteille et la nourriture. Il savait que cela lui était destiné. Mais déjà il ne se préoccupait plus de savoir comment cela lui parvenait. L'essentiel était que tout soit là au moment où il en avait besoin. Le Minotaure. Il devait le trouver. Mais pourquoi ? Pour le détruire, libérer le monde de ce mythe ridicule et gagner sa propre liberté en même temps ? Le détruire pour l'empêcher de nuire ; devait-il seulement le détruire ou simplement le trouver ? Mais comment le détruire puisqu'il n'avait pas d'armes ? Peut être qu'au bon moment, l'arme surgirait devant lui, comme tout le reste ? Mais comment le reconnaître ? Voyons. C'est un être – est-ce vraiment encore un être ? – qui erre dans le labyrinthe à la recherche de sa liberté ; oui, c'est cela, il erre depuis très longtemps, si longtemps qu'il ne s'en souvient pas lui-même, et cherche… Oui, j'erre depuis si longtemps, si longtemps, et je cherche, oui, je cherche…

Devant lui surgit l'arme, à l'instant même où il avait enfin trouvé qui il cherchait…

Il n'y avait plus de Minotaure

Tempête d'été

Un morceau de ciel

Reste clair

Les ventres des femmes s'exhibent en été, parfois relâchés, un rien mou, parfois ferme, même rebondi. Ils roulent dans le mouvement de leurs hanches au fil de leurs pas, langoureux ou saccadés. Ils leur arrivent d'être comprimés, oppressés dans des vêtements mal taillés ou alors ils s'épanouissent librement sous le tissu léger. Et celui de la femme enceinte est souvent le plus digne avant qu'il ne redevienne une bouée confortable pour porter son enfant dans les bras. Si sur les idéaux glacés des publicités, il est plat, même parfois creusé, dans la vie, il s'épanouit et s'arrondit. Il est possible que la douceur du monde réside dans le ventre des femmes qui se promène au soleil ; dansant sur le rythme de leurs pas, sa courbure rassure.

Un jour où j'étais fatiguée, j'ai rêvé de me reposer dans des bras forts et tendres, qui me consolent et me protègent. J'ai regardé autour de moi et il n'y avait personne. Puis j'ai senti la terre sous mes pieds et je me suis souvenue de la Mère nourricière qui avait toujours été là pour moi, même quand je l'avais oubliée. Alors je me suis enfouie dans les bras de l'univers qui m'ont bercée avec chaleur et m'ont portée sur le chemin de la vie...

LE CHANT DE LA TERRE

Il est là, il m'attend, il me guette dans la pièce obscure où je viens d'entrer. Je perçois le rythme de son souffle sans en discerner la provenance. Je reste longtemps debout, à l'écoute, rien ne perce l'ombre. Je commence à sentir mes jambes trembler, je m'accroupis. Ma main sent alors une vibration se propager sur le sol en terre, souple et tiède. Le temps se condense autour de nos respirations où la vie désordonnée cherche son chemin. Je souffle légèrement. Un faible gémissement me répond. Je force progressivement l'expiration, jusqu'à ce que l'air siffle entre mes dents. Le sol vibre doucement. De mon ventre qui s'apaise monte un son grave et calme. La terre se met à danser sous mes paumes qui me soutiennent. Je module la note et en résonance, l'espace se tord, se déforme, se contracte, s'enroule, se transforme sous mon chant, je m'allonge, je me couche, je me roule et m'enroule au rythme des ondulations. L'air se modifie pour accompagner la musique primale, il m'emplit, me pénètre, me transperce, me traverse, me renverse et me bouleverse, un hurlement s'envole de mes entrailles forcées, la terre se fend et la lumière balaie la pièce où l'ombre de mes peurs s'efface en un soupir.

Je hurle à la nuit, je jappe à la pluie, je crie à l'envi, je vis.

> *À la Source, sur la pierre, gît encore ma dépouille en sacrifice, l'ombre de mes pensées.*

Là-bas, j'ai vu voler le pollen naviguant en nuages,

Au rythme du vent, au rythme du temps,

Des temps anciens sont montés

Des chants zébrés de rites antiques

J'ai laissé ma dépouille sur la pierre creusée

Seuls les corbeaux y verront un sacrifice

J'ai plongé au cœur de mon cœur

J'ai goûté le sang du dragon qui bat dans mon corps

Et j'ai reconnu la lumière qui souvent me guidait

Dans la nuit de mon enfance peuplée de monstres

O Mère, ô ma terre, j'ai retrouvé ton sourire

La douceur de tes bras

Et cette lumière est telle

Que vouloir la décrire est déjà la trahir

Elle est chaleur, énergie, vibration

Juste la vie et un amour infini…

LA MAGICIENNE

Je suis la Magicienne et je suis seule, mais jamais tout à fait. Quand parfois, je décide de sortir de mon antre, si mon regard se pose dans les yeux d'un homme, il peut en oublier sa femme, sa famille, perdre la tête et le temps s'arrête. Qui croise mon regard, sombre dans le sortilège car mes yeux ont l'éclat des rêves et racontent que tout pourrait être possible, et pourquoi pas l'amour, et pourquoi pas la vie. Leur couleur d'espoir grise celui qui s'y plonge, qui croit voir un appel, une promesse. Il en oublie tous ses renoncements et à la croisée des regards, la vie soudain s'emballe. Il me promet la lune, et tout ce qu'il n'a pas, pour m'approcher, pour me toucher. Alors je le prends dans mes bras, dans mon cœur. Mon corps lui parle d'amour, mon sourire de la joie, ma voix dépose du baume sur ses plaies, mes caresses tracent des arabesques sur sa peau meurtrie. Je lui chante la vie et le bonheur possible, jusqu'à ce que ses blessures se referment et qu'il s'endorme paisible entre mes cuisses. Quand au matin, guéri, il s'en retourne chez lui, il oublie jusqu'à mon existence.

Je suis la Magicienne et je suis seule, mais jamais tout à fait.

> *Ma maison est assez grande pour abriter tous les jeux et les rires de mes enfants.*
>
> *Mon lit est assez vaste pour accueillir toutes les caresses et les désirs de mon amant.*

Tu connais la musique de mon corps, tu connais le chant de mon amour, tu connais la danse de mon âme.

MON CANTIQUE

Mon bien-aimé est une fleur qui parfume mon cœur, une source qui rafraîchit mon âme, une musique qui fait vibrer mon corps.

Les caresses de mon bien-aimé coulent comme du velours sur ma peau.

Les baisers de mon bien-aimé sont du miel que ses lèvres déversent dans ma bouche offerte.

Mon bien-aimé a une odeur de poivre, de cannelle et de menthe qui m'emmène dans les plus beaux voyages au creux de ses bras.

Sa peau répond à ma peau dans un même élan de désir.

Ses yeux sont la braise qui enflamme mon cœur.

Ses doigts sur mon corps connaissent la musique qui anime mon ventre et son sexe dans mon sexe chante le plaisir éternel.

L'amour de mon bien-aimé est un baume qui guérit les plus profondes blessures.

L'amour de mon bien-aimé est la douceur qui réchauffe mon corps les jours de pluie.

L'amour de mon bien-aimé est une source vive qui me désaltère si je sais garder les mains ouvertes pour en recueillir le nectar.

L'amour de mon bien-aimé est la plus belle parure qu'une femme puisse exhiber.

Le souffle de mon bien-aimé sait ranimer les flammes des feus que l'on croyait éteints.

Le sourire de mon bien-aimé est une lumière sur mon âme et sa voix chante dans mon cœur.

L'amour que je porte à mon bien-aimé ne peut se limiter à un « je t'aime » ; tous les mots le trahissent, il est au-delà de l'espace et du temps, au-delà de la distance de nos corps, au-delà de l'idée de l'amour dans nos esprits. Il pousse nos âmes l'une vers l'autre dans un élan irrépressible, une vague qui enlace nos cœurs et embrase nos corps.

Cet amour s'inscrit dans le rythme de l'univers comme unique et multiple, il est incarnation de la vie et du plaisir.

> *Ce matin, j'ai regardé le dos de ma main et les marques sur la peau m'ont parlé de ma mort puis je l'ai retournée et la paume ouverte vers le ciel m'a parlé de la vie…*

Vent d'automne

Les feuilles dansent

Avant la mort

LA VÉRITÉ

Il était une fois une femme très belle mais très triste. Elle se sentait très seule car elle ne savait pas s'approcher des gens et lorsqu'ils venaient à elle, elle ne savait pas leur parler et souvent n'osait pas leur répondre. Un jour de tristesse plus profonde qu'à l'accoutumée, elle s'est mise à pleurer, longtemps, et finalement, sous le coup de la douleur, à lacérer ses vêtements. Une fois la tempête passée, comme ses habits étaient déchirés, elle commença à en enlever des morceaux, patiemment, petit bout après bout, elle s'est dépouillée de toute trace de tissu sur sa peau. Petit à petit, des hommes se sont approchés pour la toucher, l'embrasser, la caresser mais ils ne restaient pas auprès d'elle et assez vite elle se retrouvait seule. Seule et nue, pas de moyen de se cacher lorsque quelqu'un venait, pas de moyen de le retenir lorsqu'il partait. Alors elle eût une crise encore plus violente qu'auparavant et se planta les ongles profondément dans la peau, se striant tout de corps ; son corps ne suscitait donc plus de désir et l'empêchait ainsi de revivre l'abandon. Sa peau était à présent rayée de blessures et bien qu'un peu engourdie, très douloureuse. La chair pointait régulièrement, comme avec la volonté de sortir, de s'extraire de son enveloppe. Alors elle reprit son travail patient, et morceau par morceau, entrepris de s'arracher toute la peau pour enfin libérer sa chair. Elle prit l'habitude de voir son corps en sang et de soutenir le regard effaré des quelques rares qui se perdaient encore sur sa route. Son corps était devenu si sensible que le vent lui était une brûlure et tout contact ne pouvait qu'être douleur. Le sang palpitait dans tout son être, battait, cognait contre les chairs meurtries, circulant si fort qu'il lui semblait que lorsqu'il s'écoulait d'un endroit où elle avait agi trop brusquement, c'était un soulagement. Alors elle eût envie d'aller voir au-delà de sa chair afin de libérer son sang de son mouvement limité. Elle recommença son long périple dans la douleur, avec encore plus de patience, découvrant la structure de chacun de ses muscles, s'étonnant de la disposition des organes, de tout un univers en elle qu'elle ne connaissait pas et qui l'émerveillait. Le sang s'écoulait d'elle, autour d'elle pour abreuver la terre mais elle ne voyait que son corps et sa lente évolution. Si quelqu'un osait s'approchait, elle était tellement concentrée qu'elle ne le remarquait même pas et bientôt plus personne n'eût le courage de la voir telle qu'elle se montrait. Certains étaient tellement choqués que la colère se mit à monter, les gens parlaient, s'énervaient de ne pas supporter un spectacle qu'ils n'arrivaient pourtant pas à s'empêcher d'aller voir… On commença à parler de la faire disparaître, de l'éliminer, une horreur pareille, vous comprenez, il vaut mieux abréger ses souffrances et la brûler tout de suite, c'est plus charitable ! Un homme calme passait par là et entendit tout ce bruit ; il voulût en savoir la cause. Il s'approcha de ce qui restait de la femme, s'assit auprès d'elle et lui demanda avec une grande douceur « Pourquoi fais-tu cela ? ». Elle répondit, la tête penchée, sans s'interrompre car fascinée par la contemplation de son quadriceps « Pour me voir telle que je suis ». Il répondit dans un murmure « Si tu veux savoir qui tu es, regarde dans mes yeux. » Elle leva la tête, face à elle un visage humain, le premier depuis très longtemps et elle vît dans ses yeux ce qu'elle avait tant cherché…

J'ai rencontré tant et tant de personnages, chacun avec son histoire...

J'ai traversé tant de paysages et je sais qu'il me reste tout l'univers à explorer, il me suffit de le désirer, de marcher en ouvrant les yeux et d'accueillir ce qui m'est raconté, de vous offrir les cadeaux de mes découvertes et laisser la magie opérer...

L'ADIEU AUX TÉNÈBRES

J'ai traversé des déserts de larmes

J'ai navigué sur des océans de douleur

J'ai rampé dans les ruines de mes amours

Je me suis noyée dans le bruit des armes

J'ai longtemps choisi le noir comme couleur

Je ne voyais même plus la couleur du sang

Mais le tissu le plus sombre blanchit sous l'usure

Et sur le sable de ma vie

Toute trace est effacée...

LA DANSE DES VOILES

La femme arrive entièrement drapée, couverte de voiles, pas un espace de son corps n'est visible. Sa présence apaise aussitôt les conversations des convives et elle marche fièrement vers le centre de la salle, sa démarche souple laisse deviner un corps jeune. Dès les premières notes, elle commence à onduler doucement et la sensualité qui émane de ce mouvement se déploie dans tout l'espace. La danse commence, les yeux s'allument, les corps se tendent alors qu'elle bouge gracieusement, chacun cherche à découvrir le corps magnifique dissimulé sous les voiles. Un a un, ils tombent à terre après avoir flotté délicatement autour des déplacements langoureux. La musique accélère, les mouvements aussi, de plus en plus suggestifs et les hommes sont fascinés, certains oscillent en rythme, d'autres se lèvent, incapables de maîtriser leur désir, guettant en vain une parcelle de chair. Lorsque tombe la note finale, le dernier voile enfle, s'étale et se pose en douceur sur le sol. Il n'y a rien. Rien d'autre que ce qu'ils ont voulu imaginer…

> *Chaque rencontre porte en germe son propre deuil.*

Au comptoir des cœurs brisés

La vie se refait

Autour de bières

Douces amères

Échange de solitudes

Il était une fois une petite fille qui attendait le prince charmant. Mais il était au bistro et l'histoire s'arrêta là…

IVRESSE

Un soir sans brume d'une nuit sans lune, j'ai rencontré ton démon. C'est une très belle femme, à la chevelure vaporeuse, les yeux flous et la voix envoûtante qui te fais croire qu'avec elle, tu seras plus beau, plus fort, plus intelligent, que tu as besoin d'elle pour exister, pour mieux exister. J'ai essayé de l'écouter mais la colère est venue que tu veuilles te laisser tromper par ses mensonges aussi grossiers. Oublier tes faiblesses ne te rend pas plus fort, juste plus pathétique… Pourquoi écouter le chant de la sirène qui alimente tes doutes pour te garder auprès d'elle ? Ce n'est pas son regard qui te rend plus beau, elle n'aime que ta dépendance, elle craint ta liberté. Pour moi, quelle valeur aurait ta présence dans mes bras si tu n'étais libre de les quitter ? Tu peux me dire que tu es libre d'aller dans ses bras, oui je l'accepte si c'est vraiment un choix et cela, nul autre que toi ne le sait. Mais qu'au moins lorsque tu es près de moi, je n'entende pas l'écho de sa voix.

> *J'ai rencontré des gens au cœur si aride que non seulement ils avaient oublié la source mais qu'ils empêchaient les autres d'y boire...*

À marée basse

Les oiseaux se mélangent

Pour le dîner

NEIGE

L'ombre noire se découpait dans la neige ; l'homme progressait lentement car il paraissait choisir consciencieusement ses pas. Il avançait à travers une grande plaine blanche vers un arbre, unique relief du décor. A mesure qu'il s'en approchait, il put distinguer une forme, une silhouette ; une femme, une jeune femme plutôt, assise, appuyée contre l'arbre. L'homme en noir s'arrêtât à deux mètres d'elle et l'observa. Malgré ses vêtements amples et nombreux, on remarquait instantanément son ventre outrageusement ballonné, odieuse boursouflure qu'elle exhibait, impudique, comme un lourd fardeau. La sueur perlait doucement de son visage, répugnantes gouttes salées qui dégoulinaient le long de sa crasse, accumulaient toutes les teintes de son maquillage outrancier et ces taches ocres, bleues, rouges allaient se perdre dans les plis de sa gorge laissant de longues traînées inégales. La femme se mit à gémir, tout en promenant ses mains graisseuses sur son horrible excroissance, un gémissement rauque, bestial, telle une dérisoire invitation à un amour malsain, suivi de halètements indécents, de plus en plus pressés puis des cris démoniaques, stridents, provocateurs. L'homme jusqu'alors impassible s'avança, s'accroupit près d'elle, examina tendrement son visage affreusement déformé et grimaçant au milieu de ses cheveux tentaculaires, porta la main à sa hanche pour en retirer un long objet brillant avec lequel il caressa lentement la gorge multicolore puis le rangea soigneusement et repartit, continuant son chemin avec un léger sourire aux lèvres. Sous l'arbre, la tache brune s'élargissait et les cris avaient cessé.

J'ai trois cailloux dans la poche. Personne ne sait qu'ils sont là. Ils se chauffent à mon corps et quand ma main glisse vers eux, ils me parlent d'hier, d'aujourd'hui et peut être demain...

NAISSANCE

Je marchais depuis longtemps dans un désert de pierres. Depuis si longtemps que je ne me souvenais pas où j'allais. Au début, j'avais pris le temps de regarder les pierres une à une, de les observer pour distinguer leur forme, leur couleur, leur dessin et leurs variations, leur volume et leurs irrégularités. Puis, peu à peu, je m'étais détournée et je m'étais mise à marcher plus automatiquement, juste un pas après l'autre, sans écart, sans flânerie, juste assurer le prochain appui, attentive à ne pas trop me tordre les chevilles. Je ne faisais plus rien d'autre que marcher, avancer, encore et encore, jusqu'à l'hypnose repoussant la fatigue. Et je suis tombée.

Ecroulée, vautrée, étalée, effondrée, les mains brûlantes, râpées, sans avoir pu adoucir la chute. Je me suis mise à pleurer, de rage, de découragement, de fatigue, de frustration, de solitude. Ma main abîmée s'est posée sur une des innombrables pierres, blanche, lisse, ovale. La douceur de sa surface a surpris mes doigts et comme je portais l'objet contre ma poitrine, une larme qui traînait encore sur ma joue y est finalement tombée. J'ai senti le galet se réchauffer entre mes mains et vibrer doucement pour se mettre à palpiter à la cadence de mon cœur. Le battement se fit de plus en plus intense et la pierre semblait enfler, elle grossissait au rythme de cette vie réveillée, encore et encore, jusqu'à ce que je sente entre mes doigts un œuf énorme, avec une membrane souple et chaude qui a commencé à se déformer, à se tordre puis à se fendre. Une forme s'est extraite, un être a fleuri entre mes mains. Entièrement blanc sauf les yeux dorés qui flamboyaient, un corps recouvert d'écailles qui se tordait pour se libérer des derniers éclats de l'œuf. La forme s'agite, je le tiens fermement, intriguée, il me mord alors brutalement, plantant profondément ses crocs dans la chair de ma main gauche et une éclaboussure de sang vient se déposer sur son front, comme un joyau ; la douleur me fait immédiatement lâcher prise. C'est alors que l'animal déploie ses ailes immenses et monte rapidement planer au-dessus de moi, fin, élégant, puissant, je comprends soudain que c'est un dragon, un dragon blanc, immaculé hormis la marque de mon sang entre ses yeux. Je reste longtemps fascinée par son vol autour de moi dans le silence où seul l'air battu par ses ailes vigoureuses claque parfois. A un moment, il descend pour lécher affectueusement ma plaie et je sens que la vie bat fort, éternelle, intense, magnifique.

Je continue à avancer dans le désert de pierres, parfois la tête penchée à scruter les cailloux sachant qu'ils peuvent à tout moment m'offrir un cadeau, parfois les yeux en l'air à admirer le vol du dragon qui m'accompagne…

Même si j'ai peur, même si je pleure, même si j'ai mal, la vie est belle. Peut-être parce qu'enfin j'accepte de ressentir tout cela pleinement, de m'ouvrir à mes émotions, en confiance, confiance en moi, certitude de la vie. La vie qui bouge, qui change, qui parfois se fige et reprend son mouvement et toujours m'étonne et m'émerveille.

Dis-moi petite fille, d'où viennent tes larmes ?

Elles viennent de la mer qui déborde,

Des branches qui pleurent sous le vent,

De tous les cris enfermés dans les cœurs,

Des cauchemars des enfants que nous sommes,

Des chants muets des corps abîmés,

De la certitude d'être seule et de le rester.

PERDIDA

Et puis, il y a Perdida. Perdida Jones. Grande, brune aux cheveux longs et noirs. On voit parfois ses yeux pleins de fureur ou de froideur mais ce que l'on remarque surtout est sa poitrine agressive.

On dit que c'est la seule femme à pouvoir armer un fusil à pompe entre ses seins. On dit qu'elle fait aussi des choses incroyables avec ses fesses, je vous laisse imaginer… On dit qu'elle tue ses amants entre ses cuisses. On dit qu'un jour elle a aimé un homme qu'elle a tué pour ne pas s'attacher. On dit beaucoup de choses, on dit qu'elle a tué sa mère : ça, c'est vrai.

Perdida, comme son nom l'indique est une enfant trouvée, et perdue donc. Elle a été confiée bébé à un couvent dont on ne sait pas où il était situé. Elle a grandi au milieu des sœurs et a reçu toute l'affection et l'éducation dont elle avait besoin. C'était une jeune fille fraîche, joyeuse, aimante. Pourtant, elle voulu rechercher sa mère et elle le fit pendant de nombreuses années. Elle finit par apprendre qu'elle était dans un hôpital psychiatrique et elle alla lui rendre visite. La patiente n'était pas dangereuse, donc pas surveillée. Dès que la jeune fille est entrée dans la chambre, sa mère l'a regardée avec effroi en criant « Non, personne ne doit savoir ! » et elle se précipita sur elle. Comme sa mère l'étranglait, la jeune fille fit un mouvement réflexe, brusque et tendit le bras pour repousser son agresseur déchaîné, sa main portant sur le menton et basculant la tête en arrière. La nuque de sa mère se brisa. Depuis, Perdida a travaillé cette technique… La jeune fille repartit ébranlée vers le couvent mais il était en ruines et les sœurs avaient toutes disparues. C'est à ce moment-là qu'elle a basculé…

Elle représente un secret terrible qu'elle ne connaît pas et pour lequel sa mère a voulu la tuer. Elle ne cherche plus à savoir mais quand elle tue, elle cite toujours les évangiles. Perdida ne rit pas, elle sourit parfois mais alors méfiez-vous. On dit que la seule personne qu'elle ne pourrait pas tuer, c'est elle, et je crois que c'est parce qu'elle est déjà morte. Perdida ne mettra jamais sa vie en danger et elle préfère tuer que courir le moindre risque. Elle peut passer des heures sans parler, sans bouger. Ce serait un tueur parfait si elle était contrôlable. Si elle commence à vous apprécier, prenez garde que son couteau ne vienne caresser votre gorge. Parfois j'ai l'impression que sa seule motivation est d'apprendre de nouvelles façons de tuer.

> *La lumière après l'orage est parmi les plus belles.*

Aux larmes du matin

Répond le vent

Dans les pins

Tu marches à pas comptés vers ta destinée

N'aie pas peur, oublie tes craintes

La lumière des anges te montre la route

Oublie ce que tu sais, deviens ce que tu es

Lune et soleil en un ciel

La voie est longue mais elle est belle.

JUSTE UNE HISTOIRE

Il était une fois une petite fille abandonnée qui courait et pleurait et hurlait « Qui veut m'aimer ? » à chaque personne qu'elle rencontrait. Quand elle fut lasse de voir les gens se détourner d'elle, elle s'assit au bord du chemin et construisit autour d'elle un mur de flammes pour empêcher tout le monde de s'approcher et de la regarder.

Un jour vînt un petit garçon en armure d'acier qui s'assit devant elle. Elle était fascinée par le reflet des flammes sur son armure ; il se sentait vivre lorsque l'acier brûlant lui collait à la peau. Ils se prirent par la main et, s'appuyant l'un sur l'autre, réussirent à se lever. Ensemble, alors qu'ils grandissaient, ils se mirent à construire entre eux un mur ; l'un amenait les pierres, l'autre le mortier. Ils mirent longtemps à le construire, cet énorme mur, avec seulement une meurtrière qui leur permettait de se voir et de se tenir par la main. Mais lorsque leurs mains se croisaient, parfois l'armure les blessait et souvent les flammes les consumaient. Certaines parties de l'armure étaient devenues trop petites et le garçon chercha à s'en débarrasser ; mais plus il enlevait de pièce d'armure, plus il brûlait. La douleur devint plus forte et le garçon voulut partir, mais la fille continuait à s'accrocher à sa main. En voyant son bien-aimé se consumer, la fille se mit à pleurer. Elle pleura des jours et des jours, des torrents de larmes qui éteignaient les flammes ; le mur retenait les flots qui peu à peu l'immergeaient. Le niveau montait et l'air lui manquait ; à bout de forces, elle cessa la lutte, lâcha la main et se laissa couler. En partant, le garçon avait libéré l'espace de la meurtrière, par lequel l'eau s'engouffra, avec tellement de puissance que le mur éclata. L'eau s'écoula et la fille resta à terre, le temps de retrouver son souffle.

Lentement, elle se redresse, étonnée de découvrir le monde aussi clair, ni brouillé par les flammes, ni voilé par les larmes. Elle regarde autour d'elle la terre inondée et jonchée de gravats. Alors, doucement, elle avance, chancelante dans la boue, trébuchant sur les pierres, ouvrant les yeux sur la beauté du monde. Peu à peu, le pas devient plus sûr, elle continue d'avancer. Elle espère retrouver le garçon le long de la route et sait que même sans armure, elle reconnaîtra son regard.

Comment renoncer à la beauté de la vie, aux sourires, aux regards, aux approches timides, la douceur d'un échange, sentir le corps d'un autre entre ses bras, sa chaleur, son odeur, son cœur qui bat, la vie qui circule, les lèvres qui se cherchent et continuent le dialogue. L'amour est partout où on est capable de l'emmener, de le donner, de le partager. L'amour m'accompagne à chaque pas de ma route que je sais encore longue et belle. Rencontre d'un soir, au hasard du chemin, contact direct d'un regard, d'un sourire, tu emportes avec toi une parcelle d'amour que je t'ai donnée. Et s'il t'arrive parfois de penser à moi avec douceur, le monde n'en sera que meilleur. Semer tout au long de ma route des étincelles de vie, je ne vois pas de plus belle façon d'exister.

Soudain la lune s'allume

Et danse au-dessus des rails

Train d'automne

CHANT ET CHAÎNES

Je marchais sous la pluie. Sur un rocher, recroquevillé, j'ai vu un petit oiseau tout gris, perdu, tremblant, trempé. Je l'ai pris doucement dans mes mains pour le réchauffer, pour le protéger. Lentement, il s'est redressé et m'a regardé d'un air curieux. J'ai soufflé doucement sur ses plumes pour le sécher et il s'est ébroué ; peu à peu, son plumage s'est éclairci. Je l'ai alors caressé, le plus délicatement possible, pour ne pas le blesser, il me semblait si fragile. Il a commencé à chanter et sur son plumage ont défilé toutes les couleurs de la vie. J'étais fasciné. Son chant réveillait en moi quelque chose enfoui depuis longtemps et que je croyais perdu, brisé. Devant tant de beauté, je me suis mis à pleurer comme un enfant. J'étais émerveillé du trésor que j'avais trouvé ; je l'ai caché au fond de ma poche pour que personne ne le découvre et de temps en temps, quand j'étais seul, je le sortais et je le caressais pour l'entendre chanter. Et plus le chant me touchait, plus j'avais peur de le perdre. Qu'il s'envole, qu'il aille offrir ce cadeau à d'autres, qu'il m'abandonne à mon ancienne vie que je trouvais à présent si terne. Alors je l'ai enchaîné. Je l'ai attaché à mon poignet et je me souviens de ce moment de tristesse dans son regard lorsque j'ai passé la chaîne à sa patte. Il a tiré dessus, m'a regardé encore, puis il s'est tu. J'avais beau le caresser, lui parler, l'oiseau redevenu gris restait muet. Je me suis mis en colère, je l'ai brusqué, je l'ai fâché, je l'ai frappé, je l'ai insulté, je l'ai blessé. Il n'a rien fait d'autre que se recroqueviller, petite boule terne et tremblante. Il ne bougeait plus, sauf pour parfois tirer doucement sur la chaîne, en me regardant sans comprendre, et comme il ne mangeait plus, il a commencé à dépérir. Je lui en voulais de me priver de ce qu'il m'avait offert auparavant, alors que je n'attendais rien. Un jour, il n'eut même plus la force de bouger sa patte pour tirer sur son lien. J'étais effondré. J'ai cru l'avoir perdu. Puis j'ai compris et j'ai enfin réussi à le libérer. Je préférais le savoir vivre loin de moi que mourir dans mes mains. Je l'ai vu partir avec tristesse et soulagement, en pensant qu'il allait pouvoir continuer à offrir son chant aux passants et qu'en le laissant voler, j'entretenais la beauté du monde. J'ai continué ma route, confiant qu'un jour prochain, il se posera sur mon épaule pour à nouveau m'éblouir de son chant, d'autant plus coloré qu'il était libre.

La porte est là, entr'ouverte et la lumière derrière. Pourtant j'hésite à la pousser. Je l'ai tant cherchée, j'en ai tant rêvé, longtemps je n'ai vu que des murs, enfin elle est là et elle est ouverte, alors pourquoi j'hésite à passer le seuil ? Pourquoi avoir peur de la liberté, de la lumière, des nouveaux espaces à explorer. Au moment où je me décide alors à avancer, elle me claque au nez et je me retrouve à nouveau dans le noir.

LIBERTÉ

Il regarde le mur épais et haut qu'il ne pourra jamais franchir. Jamais. Un peu plus loin, les autres tournent comme des chiens dociles. Mais lui ne veut pas être commandé, ne veut pas être dominé, ne veut pas être résigné. Ne veut pas. Jamais. Il regarde le ciel bleu et un oiseau blanc qui fuit, si facile pour lui. Ici, il n'y a plus de vie. Il n'y a que des ordres. La vie, elle est là-bas, là où les enfants jouent, rient, pleurent. Là où les gens meurent. Même la mort, on l'a lui a ôtée. En deçà de ce mur ils ne sont plus rien ? Jamais. Ce sont les autres qui font la vie. Ce sont les autres qui la lui ont prise. Assis au pied du mur. Jamais. Voir le linge étendu sur les fenêtres, les façades délabrées, les femmes en noir qui parlent fort. Voir son pays comme pour la première fois. Jamais. Attendre jamais. Assis au pied du mur. Renoncer à la vie, à la mort. Attendre ? Jamais.

> *La morsure de l'attente fige la volonté d'action avec comme seul but l'instant où la porte du possible s'ouvrira à nouveau et le temps reprendra son cours normal. Le flux de la vie se tord, se déforme, s'étire au fil des idées les plus sombres.*

L'ATTENTE

Debout, seul face au désert, un homme attend. Il attend depuis des jours et des jours, il attend depuis toujours, de toute sa vie, il n'a rien fait d'autre qu'attendre car quelque chose va arriver, il le sait, il le sent, quelque chose doit arriver. Depuis le temps qu'il attend, il a vu chaque jour le soleil lui jouer des tours, inventer des mirages, auxquels il s'est souvent laissé prendre, qui l'ont parfois aidé à passer le temps, mais encore et toujours, il attend ce qui va arriver. Cela fait longtemps qu'il ne cherche plus à répondre aux questions, « Que doit-il arriver ? Quand ? Comment ? Pourquoi ? », juste, à présent, il attend, de tout son corps à la peau marquée, de toute son âme qui lui dit que sa seule raison d'être réside dans ce qui va arriver. Il commence à percevoir au loin un point qui s'approche, qui semble danser avec l'horizon. La forme vient à lui lentement, comme portée par la chaleur, enveloppée de reflets mouvants. Encore un nouveau mirage se dit-il, sans même être déçu. Une femme. Très belle, trop belle pour être réelle, une nouvelle création de son esprit fatigué. Il ne prend pas la peine de la regarder et ses yeux brûlés retournent scruter le paysage, en prévision de ce qui doit arriver. La femme arrive lentement près de lui. Elle le regarde, elle lui parle longuement mais il n'entend rien, il ne veut plus se laisser prendre aux mirages qui l'empêchent d'attendre. Alors elle le regarde tendrement en lui souriant, comme un rayon de soleil au crépuscule, dépose doucement un baiser chaud sur ses lèvres fermées et s'en va. Quand enfin l'homme se rend compte que ce n'était pas un mirage, il n'y a plus que le désert face à lui, du sable dans ses mains crispées et plus rien à attendre…

C'est parce que je suis forte que je peux être douce sans être vulnérable. C'est parce que je sais combattre que je peux éviter l'affrontement sans lâcheté. C'est parce que j'ai connu la prison que je peux pleinement apprécier la liberté. C'est parce que je sais comment blesser que j'apprends à soigner. C'est parce que je suis allée au-delà de l'amour que je peux continuer à aimer. C'est parce que j'ai vécu la passion que je peux cultiver le calme. C'est parce que mes yeux sont sensibles que je ne veux pas les voiler. C'est parce que j'ai vécu avec si peu et que j'ai tant maintenant que je peux donner sans regret. C'est parce que l'énergie est partout que je n'ai rien à perdre à la faire circuler. C'est parce que je me suis perdue que je peux m'offrir sans être possédée. C'est parce que j'ai vu la mort de si près que la vie à ce goût unique.

L'HOMME DE SABLE

Un jour, en me promenant sur la plage, j'ai rencontré un homme de sable. Le soleil l'illuminait, se reflétant sur chaque parcelle de son corps et son regard avait la couleur de l'océan apaisé ; j'étais éblouie. Il m'a prise dans ses bras, c'était chaud et doux et nous sommes restés longtemps ainsi. Puis le vent s'est levé, le sable a commencé à voler en tous sens, l'homme s'éparpillait, les grains frappaient mes yeux, emplissaient ma bouche, lacéraient ma peau. J'essayais de me dégager mais la pluie est arrivée et l'homme s'est effondré sur moi. Enfouie sous le sable mouillé, je me débattais, j'étouffais, je cherchais une issue... Enfin j'ai réussi à émerger, à me dégager, j'ai mis longtemps à enlever le sable qui s'était infiltré jusqu'à mon être. Je suis repartie, le pas et le cœur lourd, à bout de souffle. Parfois, quand je retourne sur la plage, je le vois danser au loin et je ne m'approche plus...

FANTASMAGORIE OU LETTRE À NOTRE PÈRE À TOUS

La licorne est venue prendre le thé ce matin et m'a appris que tu vivais avec la Lorelei. Je ne l'ai pas crue, surtout qu'elle a une très mauvaise mémoire – Elle confond Faust et Frankenstein. Quand j'ai remarqué que sa corne était en plastique, j'ai compris que c'était un rhinocéros qui avait la folie des grandeurs. J'ai appelé Cerbère qui l'a raccompagné jusqu'à la porte, sans brusquerie, au moment même où Ulysse me téléphonait pour me demander des nouvelles de Mélusine. Je lui ai dit qu'à cette époque de l'année, elle devait être en Californie mais je lui ai conseillé la petite sirène – Comment s'appelle-t-elle déjà ? Ondine, je crois. Cela fera bien l'affaire. Il a rencontré Dracula à Avoriaz mais comme ils sont toujours en froid (à cause de la petite Iphigénie, il paraît), il n'a pu me dire si ce dernier vivait toujours avec Narcisse car aux dernières nouvelles, ils étaient en désaccord sur l'aménagement de leur appartement (quelle idée aussi de vouloir abuser ainsi des miroirs – quelle horreur, cette seule pensée me glace !). Morgane m'a encore demandé comment tu allais (elle est très jalouse) et Merlin se plaint que tu ne lui écris pas assez (après tout, fais un effort, c'est ton fils malgré tout !). Blanche Neige fait toujours prospérer son usine d'échasses ; elle embauche des lutins (le syndicat des nains est devenu trop puissant !) et en profite pour lancer une OPA sur l'entreprise du Père Noël qui a contre-attaqué en étendant ses plantations de pommes du Sud-Ouest mais la grève des druides l'a considérablement touché. Charon et Pégase ont eu une entrevue afin de négocier une alliance contre Vulcain et ses Cyclopes qui profitent de leur monopôle pour augmenter le prix du fer. Mais, pour en revenir à tes préférés, Nosferatu a quitté Lilith pour une jeunesse, une certaine Lucrèce Borgia à ce qu'il paraît – tu dois la connaître. Quelle époque ! Aussi instable que Barbe Bleue le pauvre enfant, enfin, heureusement, notre petit Othello est toujours avec Desdémone, malgré toutes les scènes pour un mouchoir égaré et Caligula pousse Néron à approfondir ses rapports avec Prométhée. Cela nous promet de joyeuses festivités !

Enfin, tu le vois, tout va bien mais tu nous manques à tous. En espérant te voir dès ton retour du conseil œcuménique, toutes mes pensées t'accompagnent

Ta chère Méduse

J'ai dans le cœur un diamant brut et si en le taillant, je m'écorche parfois les mains, je ne souhaite pas le recouvrir de boue pour l'oublier, je veux pouvoir l'exhiber comme la plus belle part de moi-même et s'il a encore des zones d'ombre, je m'emploierai à le polir, encore et encore, pour qu'il éclaire d'une lumière de plus en plus pure ceux qui acceptent de le regarder. Je suis fatiguée et le travail sera long et pénible, mais si mon amour peut me porter, que ce soit au-delà de mes limites.

Respectons la terre pour qu'elle nous respecte

Respectons nos corps pour qu'ils nous accompagnent

Respectons nos cœurs pour tout ce qu'ils peuvent nous apporter

Écoutons nos âmes car elles peuvent nous guider

SOLITUDES

Le souffle lourd emplit doucement la grotte. Au rythme de sa respiration. Son regard se perd dans les volutes qui s'échappent de ses narines. Parfois, il ouvre la gueule et laisse partir les flammes. Pour vérifier qu'elles sont toujours là. Prêtes à le protéger. Mais pour l'instant, il songe. Lui, le monstre qui a toujours vécu à l'écart du monde. Au fond de sa grotte obscure, dans une forêt dense dont peu connaissent le nom. S'est-il écarté du monde pour ne plus voir la peur dans les yeux des autres ou a-t-il grandi là, grossi, durci, seul, jusqu'à devenir ce qu'il est maintenant. Il ne sait plus. Il est là depuis mille ans, depuis toujours. Parfois il entrouvre ses ailes atrophiées qui ne lui ont jamais permis de voler. Il les agite un peu, les détend, puis les replie à regret. Dans ses rêves, il vole au-dehors, au-dessus des nuages, loin de la forêt et son corps est léger. Il sourit alors dans son sommeil. Mais lorsqu'il ouvre les yeux, il retrouve la grotte et son corps puissant et maladroit. Le temps se déroule doucement. Les intrusions sont rares à présent, toute la contrée tremble et les voleurs n'osent plus s'approcher. A cette pensée, ses griffes se resserrent sur la pierre. Son trésor. Sa raison d'être et de rester ici. Cet énorme diamant qu'il défend contre tous. Ceux qui se sont approchés, la cupidité animant leurs mains et la peur au fond des yeux ont tous péri par ses flammes. Parfois, il la laisse pour faire quelques pas vers l'entrée, pour voir danser la lumière des saisons, mais il revient vite se blottir contre elle. Il a souvent l'impression de la sentir vibrer sous son souffle chaud. Alors il chante de ses cris rauques qui pourraient faire croire qu'il rit. Personne ne connaît la solitude du dragon.

Des pas. Un rêve ? Non, le bruit monte régulièrement. Le rythme de son souffle s'accorde peu à peu à celui des pas réguliers. Quand le silence revient, il prépare ses flammes.

-       « Bonjour, dragon ! »
Comment, il me parle, à moi, le monstre ? Personne ne m'a jamais parlé…

- « J'ai dit, bonjour, dragon ! »

Un dragon, c'est donc mon nom. Péniblement il ravale ses flammes et tente de parler.

- « Qui es-tu ? » dit-il maladroitement de sa voix profonde.
- « Juste un voyageur curieux de te voir »

Curieux ?

« Avance lentement alors »

L'homme fait quelques pas dans la pénombre et le dragon perçoit des reflets métalliques.

- « Un simple voyageur ne serait pas revêtu d'une armure » aboya-t-il

L'homme avance encore, cachant derrière sa nonchalance sa fascination pour le danger, un sourire ironique tordant sa mince bouche.

- « Je te l'accorde, je suis un prince, lassé de réveiller des princesses imbéciles. Ce jeu est trop facile et l'ennui m'a poussé à venir voir celui qui fait peur à toute la région. »
- « Tu n'en veux donc pas à mon trésor ? »
- « Ton trésor, pour quoi faire ? Je suis riche, plus que ce que tu pourrais me donner »
- « Alors approche et regarde » dit le monstre gravement.

L'homme avance, le dragon prêt à faire flamme, et lorsqu'il est assez proche, la bête tourne lentement sa lourde tête et plonge ses yeux dans ceux du prince désabusé. Le dragon voit alors le visage se crisper de désespoir, les yeux s'éteindre sous la peur. L'armure explose et l'homme tombe mort de son propre effroi. Quand le monstre comprend que personne ne pourra plus lui répondre, il perçoit l'étendue de sa solitude et se met à hurler, du plus profond de son être, jusqu'à faire vibrer toute la grotte de son cri grave et déchirant. Tout son corps se tend et ses griffes se crispent sur son unique bien, son trésor préservé depuis toujours. Sous la pression, le diamant se désagrège brutalement.

Le dragon s'écarte, surpris, et voit parmi les milliers d'étincelles qui tapissent le sol une petite fille qui le regarde de ses grands yeux étonnés.

-   « Merci de m'avoir libérée » dit-elle d'une voix enjouée « j'étais dans cette prison depuis si longtemps »
-   « Mais, mon trésor, il a disparu, qu'en as-tu fait ? »
-   « Non, la bête, ton diamant n'était qu'un leurre de verre qui m'empêchait de grandir. Si tu me laisses faire, je te montrerais ton vrai trésor ».

Le dragon, charmé par la voix de la fillette qui lui rappelle une douceur lointaine, baisse la tête en signe de renoncement et se couche sur le flanc. La petite fille va lentement vers le prince mort et tire délicatement la lourde épée du fourreau. Puis elle la traîne vers le dragon et lui entaille le ventre. Quand l'espace est suffisant, elle plonge au cœur du dragon et s'enfouit complètement à l'intérieur du monstre, indifférente aux pulsations sombres qui agitent les entrailles. Peu après ressort une belle jeune femme dont la voix a la même musique que celle de la petite fille. Elle lui tend la main où repose un diamant très pur.

-   « Regarde ton vrai trésor, tu l'avais en ton sein. Tu as grandi dans cette grotte et tu y es resté si longtemps que tu as oublié de voler. Viens avec moi et peut-être alors, tu apprendras. »

Face à la beauté de la pierre, le dragon se met à pleurer toutes les larmes si longtemps retenues. Si le sang du dragon rend invincible, ses larmes recèlent une grande magie ; la femme en place quelques gouttes sur les lèvres de l'homme qui perdent alors leur teinte bleutée. Plus le dragon pleure, plus il diminue et finalement la femme le prend pour le placer délicatement sur son épaule. Puis elle pose le diamant contre son ventre et il pénètre sa chair pour se loger au plus profond d'elle. Elle part alors tranquillement dans les bois, le dragon sur l'épaule dont parfois les flammes apparaissent dans ses yeux. Elle conserve en elle son âme pure comme un trésor précieux, ainsi que le souvenir d'une petite fille courageuse et celui de la chaleur de l'homme dans sa main.

Un jour je suis morte, puis je me suis réveillée, les yeux grands ouverts et le cœur purifié. Mon âme était là, qui palpitait et sa douceur extrême m'a enveloppée d'un amour infini. Ce don, je ne peux que le partager. Je ne sais plus prendre, je ne fais que recevoir, j'apprends à donner, j'apprends à croire.

MERCI LA VIE

Merci à ceux qui m'ont aidée,

Leur chaleur m'a réchauffée.

Merci à ceux qui ne m'ont pas aidée,

Ils m'ont appris à me passer d'eux.

Merci à ceux qui m'ont aimée,

Ils m'ont rendue humaine.

Merci à ceux qui m'ont abandonnée,

Ils m'ont rendue plus forte.

Merci à ceux qui m'ont parlé,

Ils m'ont appris leur univers.

Merci à ceux qui m'ont menti,

Ils m'ont appris mes illusions.

Merci à ceux qui m'ont écoutée,

Ils m'ont appris à parler.

Merci à ceux qui ne m'ont pas entendue,

Ils m'ont appris à crier.

Merci à ceux qui m'ont caressée,

Ils m'ont appris à vibrer.

Merci à ceux qui m'ont frappée,

Ils m'ont appris à me battre.

Merci à ceux qui m'ont embrassée,

Ils m'ont appris la douceur.

Merci à ceux qui m'ont violée,

Ils m'ont appris à me purifier.

Merci à ceux qui m'ont trahie,

Ils m'ont montré que j'étais sincère.

Merci à ceux qui m'ont tout pris,

Ils m'ont appris à me passer du superflu.

Merci à ceux qui m'ont oubliée,

Ils m'ont appris l'humilité.

Merci à ceux qui m'ont méprisée,

Ils m'ont appris le respect.

Merci à ceux qui m'ont blessée,

Ils m'ont appris à me soigner.

Merci la vie, je suis là.

> *Parfois, je ne vole plus. Mes ailes abîmées traînent derrière moi. Alors je m'arrête le temps de les nettoyer, arracher les plumes cassées et attendre que de plus belles repoussent pour enfin m'élancer à nouveau vers des horizons incertains.*

La dernière des batailles

Qu'il me reste à mener

Tout au long de ma vie

Celle de la liberté

À la croisée des possibles

Je vois bien des regards

Et si vous sursautez

En m'apercevant

Ce n'est plus par peur

Mais fascinés

Surpris par l'intensité

La chaleur, la beauté

Qui marche à mes côtés

Force perceptible

Eclat lumineux

Entretenu à grand soin

Ma magie n'est pas loin

Œuvre du cœur

Alchimie du bonheur

Qui veut la capturer

Me perd sans regret

Je l'offre sans après

Si c'est ma volonté

En cage je m'étiole

Libre je m'envole

En l'air je rayonne

De tout ce qu'on me donne

Sans promesse, sans retour

Sans idée, sans rebours

Les mains vides se remplissent

Si elles restent ouvertes

Les poings crispés rapetissent

Celui qui craint la perte

Laissez-moi voler en paix

Regardez-moi avec respect

Mon baiser se pose sur votre cœur

Ma force vous porte en douceur

Mais à trop vouloir prendre

Allez-vous faire pendre

Et à trop réclamer

Je pars à jamais

Ma magie n'a d'effet

Qu'en pleine liberté

LILITH

Fermez portes et fenêtres, préparez vos couteaux

Elle est là, elle attend, elle est venue très tôt

Elle attend le moment où vous dormez paisibles

Pour planter ses crocs dans votre cœur, sa cible

Elle chante une berceuse pour mieux vous endormir

Quand elle boira votre âme, ce sera sans frémir

Partez loin, courez vite, elle sera dans votre ombre

Si vous voulez vous battre, elle jouera la pénombre

Vous verrez son visage, il vous fera pleurer

Quand vous lui parlerez, elle sera éclairée

Par peur de se connaître, elle ira se terrer

Écoutez son chant et regardez sa parure

Ainsi elle ne pourra vous porter de blessure

Et s'en ira plus loin briser d'autres armures

Je promène ma douleur, je la soupèse et je la berce doucement dans mon ventre pour tenter de l'apaiser, je la scrute comme un enfant curieux face à un animal étrange. Je l'interroge, je l'insulte parfois, je la retourne, je la secoue. Quand ma douleur est manque, tout mon corps se tend autour du vide de ton absence. Quand ma douleur est peur, un serpent s'enroule autour de mon cœur pour en figer les battements. Quand ma douleur est doute, je n'imagine pas que le bonheur puisse me toucher.

Mon paysage est une île

Où le soleil tarde à se coucher

Il étire ses rayons

Comme le regret d'une caresse

D'un baiser pour voir encore une fois

Nos regards flamboyer

Mon paysage est une île

Une terre indocile

Quand la tempête la caresse

N'approchez pas ses rives dévastées

Mais quand l'eau est miroir

Elle peut être paisible

Un refuge dans les brumes

Qui vous accueille en douceur

Et vous porte un peu plus loin dans la vie…

LA SUCCUBE

Regarde mes lèvres quand je parle et imagine ce qu'elles peuvent faire en se promenant sur ton corps

Regarde mes mains posées là calmement alors qu'elles pourraient dessiner sur ta peau des arabesques en forme de sortilèges

Devine ma langue en son mouvement régulier ; pense qu'elle pourrait se tordre pour déposer sa substance dans le moindre de tes replis

Suis l'alignement de mes dents et imagine la forme de leur empreinte laissée en tatouage sur ta chair offerte

Sens mon parfum qui t'enveloppe doucement, quel serait le goût de ma sueur accrochée à ton ventre, quelle serait l'odeur de mon sexe frotté contre ta cuisse ?

Regarde dans mes yeux, livre-moi ton âme comme prélude au mélange de nos souffles rythmés et mes soupirs humides répondront à ton corps abandonné.

Et tu verras la salive ruisseler lentement le long de mes crocs pour goutter sur ton torse haletant

Et tu verras mes griffes plonger dans ta poitrine pour glacer ton cœur apeuré

Et tu verras ma chevelure tisser un entrelacs pour m'offrir ton corps frémissant

Et tu verras mes yeux lorsque je volerai ta sève comme prix de ton plaisir

Quand j'ai secoué la cornue, la vision des reflets dorés a emballé mon cœur. J'ai cru avoir enfin réussi, après tant d'efforts, alors que je ne l'espérais plus mais il m'a bientôt fallu me rendre à l'évidence, ce n'était que l'or des fous que je voyais étinceler. J'ai dû oublier un ingrédient ou une étape dans le processus mais derrière la tristesse et la déception, il y a aussi la joie de savoir que mon cœur est encore capable de s'émerveiller et de s'enthousiasmer, de s'embraser. Peut-être, un jour…

Descendre dans les profondeurs

Sans douleur, sans peur

Découvrir d'autres chemins

Vouloir croire aux lendemains

Creuser à mains nues

Pleurer à cœur perdu

Puis rouvrir mes yeux gonflés

Recommencer à avancer

Chaque jour est un début

Accepter les reflux

Retrouver la cadence

Du voyage, de la danse

Continuer l'échange

Même quand le doute me mange

Rechercher la confiance

En douceur, en patience

Nouvel état d'esprit

Cultiver mes envies

Prendre ce qui m'est donné

Savoir me pardonner

Mes faux pas, mes déroutes

M'aident à inventer la route

Tant que mon cœur peut battre

Ne pas se laisser abattre

J'ai si envie de vivre

Que parfois j'en suis ivre

J'aimerais tant vibrer

Sans bonheur calibré

Et je dois m'imposer

D'aller me reposer

Pour pulser à nouveau

Que revienne le beau

La course peut m'interdire

De profiter, de vivre

RENCONTRE

Je croyais avancer librement sur mon chemin lorsque quelque chose m'arrêta. Une surface lisse, que je n'avais pas distinguée dans le paysage car elle était transparente. Un mur de verre. J'ai mis du temps à comprendre qu'il était là, ce que cela pouvait être. Je l'ai longé longtemps puis la surface a formé un angle sur la gauche. Je continuais à suivre la surface du bout des doigts, cherchant une issue, tournant, à droite, à gauche. Peu à peu, j'ai compris que j'étais perdue dans un labyrinthe de verre, sans aucun moyen d'en sortir. Alors je l'ai exploré, espérant comprendre son dessin, sa structure, son but avec parfois l'impression de progresser et parfois celle cruelle de revenir sur mes pas. Puis, j'ai aperçu une silhouette qui se rapprochait, à un rythme aussi désordonné que le mien. Il était également prisonnier et lorsque nos yeux se sont croisés, nous avons partagé notre détresse. Nous avons alors cherché fébrilement à nous retrouver, partant dans toutes les voies, essayant toutes les possibilités, parfois s'éloignant, parfois se rapprochant. Finalement, nous nous sommes trouvés chacun d'un côté de la paroi, seul espace, mince surface encore à nous séparer. Nous avons tenté de parler, de nous toucher, de nous réchauffer à travers elle mais la matière est restée froide, dure, lisse. Nous avons essayé encore et encore, en vain, il nous a fallu renoncer à nous retrouver ; nos deux labyrinthes ne communiquaient pas. Il n'y avait alors plus que deux solutions : rester auprès de lui, sans espoir de pouvoir un jour être l'un contre l'autre ou bien continuer ma route. Vous, qu'auriez-vous fait ?

Personne ne pense à remercier l'étoile pour la poussière qu'elle nous offre, personne ne pense à remercier le soleil pour sa lumière et sa chaleur. D'ailleurs, ils n'attendent pas de gratitude, le soleil brille, il est là tout simplement et l'étoile guide le voyageur même si elle est morte depuis des milliers d'années. Ils ne savent rien faire d'autre que de s'offrir au monde.

Le papillon se pose

La branche de bambou

Ne plie pas

MA PRIÈRE

Pour chaque jour où j'ouvre les yeux, merci.

Pour la joie de mes enfants,

Pour la chaleur de mes amis, merci.

Pour la beauté du ciel, des nuages,

Pour le soleil, la lune, les étoiles, merci.

Pour la musique qui caresse l'âme, merci.

Pour les sourires qui se posent sur mon cœur,

Pour les regards pleins de douceur, merci.

Pour tout l'amour que je reçois,

Pour tout l'amour que je peux donner, merci.

Pour mon corps qui marche, courre, danse,

Pour mon corps qui me porte, m'emporte, me transporte, merci.

Pour les caresses, pour les baisers,

Pour les mots qui consolent, merci.

Pour les surprises, pour les délires,

Pour toutes les nuances de la vie, merci.

Pour tout ce que j'ai appris,

Pour tout ce qu'il me reste à apprendre, merci.

Pour les odeurs, les saveurs, les couleurs, merci.

Pour la beauté et la joie,

Pour le plaisir d'être là, merci.

Pour m'avoir appris à guérir,

Pour tout ce que j'ai pu vivre, merci.

Pour la froideur des matins d'hiver,

Pour la chaleur des soirs d'été, merci.

Pour la fraîcheur de la pluie,

Pour la puissance de la mer, merci.

Pour toute l'énergie qui m'entoure, merci.

Pour l'oubli, pour le pardon,

Pour les rires et les chants, merci.

Pour tout ce que j'ai et ce que je n'ai pas, merci.

Pour être là à chacun de mes pas, merci.

> *Quand le flot de mes larmes recouvrira mon corps, je sombrerai vers la lumière.*

ETERNITÉ

L'homme était assis en tailleur sur un long désert blanc. Infini. La tête légèrement inclinée en avant, il souriait. Les mains sur les genoux, les paumes tournées vers ce qui aurait pu être un ciel. Peu à peu, de glace, le désert devint feu, à mesure qu'un point noir à l'horizon se rapprochait. L'homme, impassible, souriait toujours. Et son regard ne cessait de refléter l'éternité. Grande, belle, aux courbes parfaites, la femme se tenait maintenant devant lui. Vêtue de voiles noirs. Belle comme une panthère, ses yeux verts étincelaient. Elle commença à faire onduler doucement son corps élancé, faisant claquer ses bracelets d'or en cadence. Sa chevelure d'ébène lui descendait jusqu'au bas des reins. Elle continua ainsi sa danse d'amour, profondément sensuelle, accélérant la mesure. Vite. Plus vite. Elle ondulait, balançait, tout son corps en mouvement, mais ses yeux fixes posés sur l'homme paisible. Ne cessant d'ondoyer, la femme devint alors serpent, et, glissant prestement sur le sable brûlant, elle s'enroula au bras de l'homme qui ne connaissait pas la peur. Le serpent progressa alors jusqu'à la gorge de l'homme comme une menace. Mais l'homme ne sentait même pas le contact glacé de l'animal. Le serpent redevint femme. Elle se tenait là, brûlante. Elle leva ses longs bras blancs. Une tempête sembla tournoyer autour d'elle. Les voiles flottaient, découvrant sa chair lactée. Dans un dernier cliquetis de bracelets, elle disparut. L'homme était là. Sur le désert blanc et froid. Sans vent. Lourd. Il souriait toujours, dans sa paisible éternité. Pourtant, une lumière scintilla sur son visage…

> Filtrer, purifier, laisser décanter la matière brute, autant de fois que nécessaire pour extraire la substance essentielle.

Lorsque je me sais faible, je suis forte.

CORAX

Un corbeau était perché sur mon épaule. Pesant, lourd, sombre, il donnait souvent des coups de son bec puissant dans ma tête, jusqu'à m'en rendre folle, incapable de penser à autre chose qu'à la douleur. A la moindre de mes erreurs, au moindre de mes pas, à chaque action, à chaque pensée, il se moquait d'un cri ironique. Parfois aussi, il agitait fortement ses ailes devant mes oreilles ou mes yeux pour me couper du monde environnant. Son poids sur mon épaule déformait, tordait mon corps, l'empêchant de se tenir droit. Fatiguée de porter ce fardeau inutile et malfaisant, j'ai voulu lui apprendre à voler mais il s'ancrait à ma chair, ses serres me blessant profondément ; alors j'ai arrêté de marcher, je me suis assise et j'ai chanté. J'ai vu l'oiseau rétrécir jusqu'à devenir un moineau qui peut être facilement chassé d'un revers de main, plus effrayé qu'il ne me dérange, voletant parfois encore autour de moi pour chercher sa nourriture. Finalement, c'est lui qui a nourri mon dragon lorsqu'il s'est réveillé… Paix à son âme.

> *Le guerrier de lumière a le cœur brisé car il sait que malgré tout l'amour qu'il peut porter au monde, il ne pourra partager son expérience extraordinaire de la vie et il sait qu'il est seul.*

Mon cœur est à bout de force. Peut-il encore battre sans s'emballer ? Peut-il ralentir sans se figer ?

L'HOMME TRANSPARENT

Il est une fois un homme qui pensait ne pas exister. Il avait consacré l'essentiel de son existence à ne pas exister. Au début, les regards, les paroles des autres ne faisaient que l'agacer mais rapidement cela lui devint insupportable. « Pourquoi s'adressent-ils à moi qui n'existe pas ? ». Alors il a essayé par tous les moyens de s'oublier. Il a cherché à s'oublier en Dieu mais chaque contact avec le divin lui rappelait la puissance de la vie qu'il ne voulait pas voir battre en lui. Alors il a cherché à s'oublier pour une machine, jusqu'à rêver qui n'était lui-même qu'une pièce du mécanisme et qu'il n'existait pas en dehors d'elle mais un jour la machine s'est arrêtée et il est resté seul, continuant à s'agiter. Alors il a essayé de s'oublier en servant les autres mais leurs ordres et leurs injures ne le faisaient qu'exister encore plus. Alors il a tenté de se noyer dans son propre corps ; mais ce corps déformé, boursouflé, exagéré, s'est mis à protester et chaque douleur lui rappelait que malgré tous ses efforts, il continuait d'exister. Chaque attention, chaque regard qui lui était porté le mettait en colère car il dénonçait son imposture et l'obligeait à exister contre son gré. Il a vaguement pensé se tuer mais prendre une telle décision aurait nécessité d'admettre qu'il existait pour pouvoir s'ôter la vie… Alors il s'est mis à ne plus vouloir voir les autres, ne plus les entendre, ne plus leur parler pensant qu'en niant leur existence, il deviendrait enfin transparent. Mais alors est monté un profond sentiment de solitude qui hurlait à ses oreilles « tu es seul donc tu existes ! ». Vous verrez parfois traîner sa carcasse éteinte ; en ce cas, soyez charitable, faites comme si vous ne l'aviez pas vu…

> *C'est en allant au bout de mes forces, plus loin que l'amour, au-delà de la compréhension, que la porte du cœur s'est ouverte.*

Tu as connu mon feu

Tu as connu ma glace

Tu as su me faire danser

Du bout de tes doigts

Tu as su me transformer

En chienne insatiable

Quand je suis redevenue petite fille

Tu as accueilli mes pleurs

L'ENFANT ET LA FLEUR

Un monde sale, méchant et triste. Un petit garçon aimait une fleur. Il allait souvent la voir et lui parlait longtemps, longtemps de ses chagrins, jusqu'à ce que la petite fleur lui dise

_ « J'ai sommeil ! »

Alors elle refermait doucement ses pétales pour la nuit et le petit garçon partait. Quand la fleur disait à l'enfant

_ « J'ai soif ! », celui-ci l'arrosait délicatement en prenant soin de ses feuilles ; quand la fleur disait

_ « J'ai froid ! », le petit garçon entourait la fleur de son corps en prenant soin de ne pas la froisser ni l'étouffer. Quand l'enfant voyait les pétales de la fleur qui commençaient à se flétrir, il lui racontait des histoires, lui parlait d'un monde où il n'y aurait qu'amour et beauté.

Lorsqu'il voyait de mauvaises herbes pousser autour d'elle, il les arrachait afin de la préserver. Ainsi la fleur grandissait, chaque jour plus belle. Et le petit garçon aussi grandissait, au milieu du monde pourri. Mais la méchanceté est contagieuse et un jour, le petit garçon se révolta. Il trouvait injuste que ce soit toujours lui qui s'occupe de la fleur. Ne pouvait-elle pas boire, se réchauffer, se distraire toute seule ? Et il lui dit qu'elle était inutile et qu'elle ne lui faisait rien en retour de ses services. Alors il ne s'occupa plus de la fleur pendant toute une semaine qui lui parut longue, longue… Puis il revint voir son amie. Mais la jolie fleur était morte de soif, de froid et d'ennui. L'enfant ramassa les pétales flétris jadis si beaux et si doux, si doux et les frotta lentement contre sa joue déjà humide de larmes. Les pétales étaient doux, tout doux, oh ! si doux ! C'est lui qui l'avait tuée, il avait trahi l'Amour. Et soudain, il s'aperçut qu'il avait froid, très froid dans son cœur, et il vit le monde tel qu'il était, laid, si laid, et tout lui parut tellement vide que tout tourbillonnât dans sa pauvre tête d'enfant. Maintenant, il savait ; il comprenait que s'il arrosait la fleur chaque jour, celle-ci étanchait sa soif d'amour. Il comprit que maintenant, il ne pouvait plus vivre sans SA fleur, sans amie, sans amour. Il embrassa les pétales dans un dernier sanglot en demandant pardon.

L'enfant n'eut pas de fleurs sur sa tombe.

Pourquoi faut-il tuer le dragon ? Celui que vous me dites être un monstre, je le vois plus beau, plus fort, plus touchant que vos héros guerriers ? Qu'y a-t-il de si effroyable qu'il faille l'éliminer sans remords ? Par goût du massacre, comme preuve de votre puissance ? Je suis le dragon, celui de vos pensées, celui qui est à l'image de vos peurs. Celui qui vous glace et qui vous charme, celui qui vous permettra d'atteindre l'immortalité, celui qui vous transformera en héros pour l'avoir affronté. Celui qui préside à tous les éléments n'est-il pas un meilleur représentant de la nature, de sa force de vie, que les autres ? Être composite et terrifiant, il s'est construit sur la douleur, sur la crainte, dans le combat contre ténèbres et sauvagerie. Pourquoi prendre sa défense ? parce que la civilisation a voulu l'éradiquer, c'est une espèce en voie d'extinction, qui devrait donc être protégée. Force brute et énergie primale, il nous relie à notre source et le nier ne fera que nous couper de la force de vie. Il n'est ni bien, ni mal, il est instinct de survie. Maintenant si un jour vous osez poser votre main sur ses écailles, vous aurez la surprise de découvrir sa douceur, la finesse de sa peau sous laquelle on sent la puissance de ses muscles. Pourquoi faudrait-il tuer le dragon lorsqu'il n'a que la taille qu'on lui donne ? Quand sa forme vient de nos propres manques, de nos propres peurs, il n'est pas non plus besoin de l'enchaîner, juste de le regarder dans les yeux avec courage, peut être parfois lui tendre une main ouverte, l'écouter parler car ses mots sont sages et viennent d'un autre temps. Peut-être au début ne comprendrez-vous pas son langage, ses mots rauques qui viennent de ses entrailles et battent dans sa gorge puissante ont la sonorité de territoires oubliés puis peu à peu vous saisirez le sens de ses mots qui vous racontent ses voyages et peut être commencerez-vous à comprendre toute la magie que ce grand corps souvent maladroit peut receler. Ne tuez pas le dragon, parlez-lui comme à un ami ; il vous étonnera car il a tellement vécu qu'il connaît la compassion et des chants qui guérissent. Et si un jour vous arrivez à le faire sourire, vous verrez que sa gueule n'a jamais voulu mordre. Ne tuez pas le dragon, aimez-le comme un cadeau précieux, comme le témoin des temps anciens où il volait librement au-dessus des hommes, bien avant les hommes, aimez-le comme la source de votre pulsion de vie et il ne pourra plus jamais vous faire peur.

POUSSIÈRE DE DRAGON

En grimpant la colline, je me sentais triste. Je venais seulement pour la pierre, ancien lieu de culte. Sur le trajet, je me suis mise à pleurer abondamment. J'avais le sentiment que mes yeux avaient vu tant de massacres, de sacrifices et j'étais impuissante. En plus, il me semblait qu'ils étaient faits en mon nom et malgré moi et cela générait une profonde détresse. Peu à peu, en marchant, j'ai eu l'impression d'être accompagnée des ombres des morts, des victimes des sacrifices qui se regroupaient autour de moi. Aucune menace, elles étaient respectueuses, voire en adoration, et leur présence se faisait de plus en plus dense. Je me sentais oppressée de découvrir autant de fantômes, d'avoir été responsable de tous ses morts, de n'avoir rien pu faire pour éviter les massacres. J'ai dû m'arrêter un moment car je n'arrivais plus à progresser, comme prise dans une foule, entourée d'ombres respectueuses. Je pleurais encore beaucoup. Finalement, j'ai pu arriver à la pierre. Assise dessus, j'ai eu une vision, en pleurant dans la flaque d'eau de la forme taillée. Je suis un dragon et je vole au-dessus de cette terre alors qu'elle n'est pas encore formée. Je me sens grand, libre et puissant. Puis la terre se transforme en feu, des éruptions violentes et je me réfugie dans une grotte, je m'endors. Longtemps, sommeil très profond. Rouge comme le feu, puis blanc comme la glace, longtemps. Puis des ténèbres très profondes. Et une lumière blanche, forte, qui me cherche. Mais je ne bouge pas. Puis les hommes arrivent. Beaucoup de bruit et puis du sang, qui recouvre la terre, l'imbibe et vient jusqu'à moi. J'ai le goût métallique du sang dans la bouche. Je me réveille mais je ne peux pas sortir, je suis bloqué dans la grotte qui était jadis mon refuge. Je remue, je crie et j'assiste impuissant à tous les massacres faits en mon nom sur cette terre, à cet endroit et que je ne veux pas, que je suis obligé de recevoir malgré moi, prisonnier de ma terre. Puis beaucoup de temps passe encore, mon souffle est là, autour de la colline fermée au-dessus de moi et je suis prisonnier. Quand une épée se plante dans mon dos, profondément, l'épée des chrétiens, pour me tuer, qui me traverse, me transperce, je la sens entre mes omoplates et l'épée qui doit me tuer en fait me libère, je deviens poussière et je peux enfin quitter la grotte pour me répandre sur la terre… Mon souffle reste autour de la colline, et mes poussières parcourent le monde, libres et porteuses de mon savoir et ma puissance. Je suis une de ces poussières. Je suis juste une poussière mais à la fois tout et partie et c'est pour cela que je me sens chez moi auprès de la pierre de sacrifice. L'épée et le dragon, deux symboles réunis, pour parler de force et de libération. Les chrétiens n'ont rien compris car ils ont rendu le dragon libre. Il y a beaucoup d'autres poussières que je reconnais lorsque je les rencontre, ce qui explique cette impression d'âme sœur avec certains. J'ai la puissance du dragon en moi et je ne suis qu'une poussière sur terre, qui voyage dans le temps et l'espace, peut-être pour rassembler certains d'entre nous.

Il me faut renoncer à comprendre les autres, seulement les ressentir.

Tu m'as demandé mon cœur, je l'ai arraché de ma poitrine pour te l'offrir comme mon bien le plus précieux. Tu l'as pris avec un regard de dégoût, tu l'as traité comme un vulgaire morceau de viande, tu as un peu joué avec à la balle et lorsque tu t'es lassé, tu l'as abandonné au milieu des ronces où il était tombé, pour partir sans même regarder mes yeux mouillés.

La dernière cigarette, celle du condamné, condamnée à finir notre histoire, sans même savoir pourquoi, celle qui marque la fin de la fête, avec le goût d'un nouvel abandon, comme une mèche lente qui propage sa chaleur vers mes doigts jusqu'à ce que la brûlure me la fasse lâcher, le temps d'une parenthèse, le temps suspendu à mes lèvres comme les mots qui hésitent à sortir et l'écho du plus rien lorsque le tabac s'éteint.

COURSE AU TRÉSOR

Pourquoi ? Depuis le début de la soirée, je n'arrêtais pas de me poser la même question. Pourquoi ? Je la regardais. Elle était encore belle. Elle posa finalement le verre qu'elle n'avait pas lâché avant d'être sûre qu'il était vide. Elle me pénétra de ses grands yeux désespérés. Elle tordit ses lèvres sensuelles en une grimace qu'elle voulait être un sourire désabusé.

_ « L'argent », affirma-t-elle. Et elle se mit à rire, hystérique.

_ « Mais tu as toujours été riche ! »

_ « Oh, vous les hommes, vous ne voulez pas comprendre qu'une femme n'est jamais assez riche ! » dit-elle d'un ton bambin. Et par caprice, elle s'empara de la bouteille.

_ « Tu l'as tué pour l'argent… »

_ « Chut ! J'avais bien tout préparé. Crise de jalousie. Heureusement que mon amant a été assez compréhensif pour aller en prison à ma place. »

_ « Mais, tu l'aimais ? »

_ « Qui, mon amant ? Non, bien sûr. C'était juste un… ustensile. C'est mon mari que j'aimais. Mais » murmura-t-elle comme si elle me révélait le secret d'une cachette » ça, je ne l'ai su qu'après. Après… » et elle se remit à rire, folle désespérée, je l'entends encore.

> *Je suis un être de chair, de sang, d'erreurs, d'errances, de force, de faiblesse, de peur et d'amour.*

L'INCUBE

Il attend mon sommeil

Pour se glisser vers moi

Et pèse de tout son poids

Sur mon corps alangui

Ses lourdes pattes griffues

Traînent sur ma peau nue

Et je trouve au matin

Sur mon ventre engourdi

La trace de ses ébats

Nourris de mes chagrins

Le murmure haletant

De mon corps qui frémit

Le souvenir de son souffle

Sur ma gorge bleuie

Il arrive parfois

Que bien loin de minuit

Il plante ses crocs vermeils

Dans ma chair endormie

Déchire mes entrailles

Et m'abandonne meurtrie

L'éveil devient l'attente infinie

Que revienne dans mes bras assoupis

L'unique compagnon de mes nuits

> *La véritable force du démon est de faire croire qu'il est attaché et que le garder auprès de soi rend extraordinaire.*

Viens dans mon jardin

Le jardin des supplices

Tu y verras mon cœur

Mon cœur en sacrifice

Viens dans ma prairie

Mais attention aux pièges

Ma douleur est un cri

Qui déroule ses arpèges

Sur le fil du rasoir

La vie cogne plus fort

Tout près du désespoir

Viens jusqu'au corps encore

Viens dans le pays

Des mots empoisonnés

Qui coupent, déchirent et taillent

Les espoirs mort-nés

Viens dans mon jardin

Où nul n'est parvenu

Que je te mette à nu

Et mange tes entrailles

Sur le fil du rasoir

La vie cogne plus fort

Tout près du désespoir

Viens jusqu'au corps encore

Viens dans le jardin

Le jardin des délices

Où rien n'est défendu

Pour les guerriers complices

Viens dans mon jardin

Parmi les herbes sauvages

Où pleure abandonnée

Une petite enfant sage

Sur le fil du rasoir

La vie cogne plus fort

Tout près du désespoir

Viens jusqu'au corps encore

Viens dans mes délires

De gamine brisée

Qui est devenue vampire

Pour guérir son passé

Viens entre mes griffes

Viens entre mes crocs

Range ton canif

Et ne dis plus un mot

DANS LA NUIT

Elle me tendit un verre.

_ « Goûte ! » me dit-elle

Comme, étonnée, je ne réagissais pas, elle me le mit prestement dans la main.

_ « Bois. C'est de la sangria. Tu verras, c'est bon. »

J'inclinais doucement le verre et le liquide rouge vint réchauffer ma gorge. Au fond d'un immense fauteuil, elle me regardait avec ses yeux de chat. Les autres parlaient autour de moi ; peut-être même riaient-ils, je ne sais plus. J'inclinais légèrement la tête en arrière, en fermant doucement les yeux. Alors que je relevais la tête, je remarquais l'aquarium, face à moi. Doucement, la cage de verre grossit, comme une immense loupe. Les poissons, avec leurs gros yeux ronds, vinrent me faire un baiser glacial derrière la vitre. Je sentais que par ce contact, ils aspiraient ma vie et je plaquais mes mains sur le verre pour me détacher. L'aquarium revint à sa place, docilement. Je passais un doigt sur mes lèvres insensibles. Elles saignaient. Comme je regardais ma main tachée sans comprendre, Elle se mit à rire. Des crânes de reptiles, disposés sur une étagère, se mirent à claquer des mâchoires, de plus en plus fort. Le rire devenait plus aigu, plus perçant. Les autres parlaient toujours mais je ne les voyais même pas. Le rire devint cri, insoutenable, strident ; il fit éclater la prison de verre. L'eau se déversa, par flots saccadés, de plus en plus d'eau. Mais ce n'était plus de l'eau. Elle avait pris une teinte sombre. La fille s'était arrêtée de rire, mais ses yeux reflétaient une joie intense. Le liquide ne l'atteignait pas, moi non plus d'ailleurs. Il nous contournait comme un ruisseau docile. Pourtant, il continuait de jaillir abondamment de l'emplacement de ce qui avait été un aquarium. Et les poissons, démesurément grossis, se dispersaient dans la pièce. Les autres ne parlaient plus, ils tentaient de nager, mais le liquide était trop visqueux. La fille se pencha du haut de son immense fauteuil et but au creux de ses mains. Elle m'engagea à en faire autant. C'était bon, aussi bon que ce qu'elle m'avait offert précédemment. Les autres continuaient à se débattre, ils devaient crier mais tout était silencieux. Pourtant, comme je levais la tête, essoufflée d'avoir trop bu, je remarquais que les poissons s'employaient à déchiqueter consciencieusement les Autres. Elle me fit signe que c'était sans importance. Je continuais à boire mais le liquide devint plus sombre et plus amer. Je me retrouvais alors derrière la vitre de l'aquarium, collée au verre pour contempler avec délice l'impuissance des Autres. Alors la fille fit un signe de la main ; je fus à nouveau dans mon fauteuil. L'aquarium se reconstitua. Les autres parlaient toujours. Elle me regardait, profondément. Elle murmura, et je n'entendais qu'Elle :

_ "It was a good trip ! …".

Que vaut un amour qui disparaît avec le jour ?

RUPTURE

_ Ah ! Te voilà ! Je voulais te dire…

_ Quoi ! Qu'est-ce que c'est que ce foutoir ! Quoi ! Tu fais ta valise ? Nous partons en voyage ? Pourquoi alors n'as-tu sorti qu'un bagage ? Tu pars sans moi ? Maintenant ? Tes vacances ne sont que dans un mois !

_ Oui, justement, je voulais te dire…

_ Ah ! Tu ne pars pas en vacances ! En voyage d'affaires alors ?! Mais tu n'as aucune affaire à traiter !

_ Non, mais je voulais te dire…

_ Ah ! Alors tu pars ! Tu pars pour de bon. Carrément. Les valises. La scène. Tout, quoi ! Ah, je vois ! Tu as tout prémédité, hein ? Avec l'Autre, plus jeune, non ?

_ Non, mais je voulais te dire…

_ Non ! Bien sûr ! Tu ne veux pas l'avouer mais je le sais. Et maintenant, je comprends toute ta mise en scène ! Tu as **tout** préparé. Et tu vas sûrement prétexter que nous deux, ça n'allait plus très fort, … patati, patata. Manque de communication. Tout le baratin. Incompréhension mutuelle !

_ Oui et je voulais te dire…

_ Oh ! Ne cherche plus d'autres prétextes à ta lâcheté ! Car tu **sais** que c'est une lâcheté de partir, tu le sais ! D'ailleurs, tu te rendras compte bientôt de ton erreur. Mais pars ! Pars donc puisque tu le veux ! De toute façon tu reviendras. Je suis tranquille. Je sais que tu reviendras. Tu ne peux pas faire autrement ; tu n'es rien sans moi, rien. Tu m'entends ? Rien !

_ Mais, j'aurai voulu te dire…

_ Allez, va-t-en. Maintenant, c'est moi qui te chasse. Allez, va-t-en, tu me fais pitié ! Je ne veux plus te voir ! Ouste ! Allez ! Du balai !

_ Bon… je pars.

_ Eh ! Oh ! Attends un peu ! Attends ! Tu pars comme ça, sans rien dire…

Les vampires craignent les miroirs et les fuient car ils leur renvoient leur absence de consistance, qu'ils ne sont qu'apparence et construction mentale. Ils repoussent la croix avec une peur masquée d'ironie car ils ont renoncé à leur âme. Ils attirent leurs proies par leur regard hypnotique et la tiennent en leur pouvoir de séduction afin qu'elles leur offrent leur gorge qui palpite de la vie qu'ils n'arrivent pas à trouver en eux-mêmes. Ils se ressourcent à cette force jusqu'à ce que la victime épuisée s'effondre dans leurs bras ; alors ils la lâchent avec mépris, dégoûtés de leur propre faiblesse. Quand à nouveau cette énergie vient à leur manquer, ils rôdent autour de leurs sources avec avidité et si le contact leur est refusé, ils se ratatinent, se rident, se dessèchent et se recroquevillent, perdent leur éclatante noirceur pour une teinte grise et terne jusqu'à redevenir poussière.

Les mots dans ma bouche souvent roulent, trébuchent et me trahissent alors que par ma main ils coulent plus facilement de mon cœur sur le papier. Je suis triste de ne plus savoir chanter, les notes restent bloquées entre ma mâchoire crispée et mes crocs aiguisés. C'est une vraie douleur de savoir si bien mordre et si peu embrasser…

LE CHEMIN

1. Rêve

Deux jours avant ma mort, je fis mon dernier rêve.

Le sang s'écoule de mon bras, perle à perle, et remplit lentement un ciboire en cristal. J'élève le graal dans le mince rayon de lumière qui perce de lourdes tentures de velours et l'éclat du liquide, la profondeur de sa robe reflétée par les facettes de la coupe m'envahit d'un bonheur intense.

L'émotion est si forte que je me réveille, haletante. La fascination laisse alors la place à la douleur : je sais que je ne retrouverai plus jamais cette teinte unique. Je me blottis au creux de sa chaude respiration d'homme endormi.

2. Mort

C'est pour toi Marie que j'écris ces mots car je sais qu'un jour tu voudras connaître mon histoire, notre histoire. Beaucoup de choses sont encore dans le brouillard de ma mémoire et j'ignore les raisons de ma métamorphose mais, je vais tenter de retracer le chemin qui m'a menée jusqu'à toi. Je vivais depuis longtemps avec Alan, depuis toujours. Notre rencontre avait été une évidence, notre amour aussi. Il était naturellement l'homme de ma vie, une vie qui s'écoulait calme et douce, l'un pour l'autre, exclusivement et il aurait dû en être toujours ainsi. Puis vint l'accident.

Le cri de la tôle, le choc de mon crâne sur la vitre, la chaleur faiblissante de mon corps. Seule la musique perce encore la nuit : le Printemps de Vivaldi. La lune rousse me nargue. Belle saison pour mourir ! La tête de mon pauvre amour est écrasée sur le volant, une large plaie luisante goutte sur mon visage. J'accueille sur mes lèvres l'impact de ces larmes rouges comme une dernière offrande. Je meurs avec le goût de son sang.

3. Ombre

Par ce pacte, mon ombre resta liée à lui. Mes apparitions cependant ne pouvaient se produire sans le désir qu'il en avait. A l'hôpital, lorsqu'il m'appelait, je me fondais en lui afin de le réchauffer et lui donner l'énergie de survivre, énergie que je croyais lui avoir volé. Puis sa vie reprit mais son désir était toujours là. Comment me percevait-il ? Une ombre, un spectre ou le réconfort d'un souvenir chaleureux ? Mais j'avais un pouvoir sur lui et ses compagnes. Je me glissais en elles pour encore le sentir, le toucher, l'aimer et être aimée, sans les alerter, sans trop les affaiblir, me nourrissant de ces viols réguliers. L'énergie de toutes ces femmes me créait une nouvelle existence, pleine et variée, à l'image de leurs violences et de leurs passions qu'ensuite je lui insufflais en me fondant en lui pour de nouvelles extases. C'est alors qu'Eva arrivât.

4. Meurtre

Elle sent ma présence et même la contrôle. Cependant parfois elle se laisse posséder. Elle vient le voir de façon très irrégulière mais toujours intense. Ce soir, elle semble plus exaltée que d'habitude. Pendant qu'ils font l'amour, elle m'appelle pour que je vienne en elle. Je partage leur plaisir quand, au point culminant, elle lui plante un poignard dans la gorge, à l'endroit même où j'aimais regarder palpiter sa vie lorsque j'étais contre lui. Je ne peux pas arrêter son geste et tandis qu'elle enfonce la lame, je le regarde mourir. Elle éclate d'un rire hystérique. Je veux quitter son corps mais elle m'en empêche. Quelle emprise a-t-elle sur moi ? Alors elle se penche sur la plaie et retirant la lame d'un geste vif, elle boit goulûment le sang qui lui asperge le visage. Malgré moi, je bois aussi et connais à nouveau le goût de son sang ; je perçois chaque étape de son agonie et ma conscience s'affaiblit en même temps que la sienne. Je meurs avec lui, heureuse d'être enfin unis dans le néant.

5. Traversée

Nous marchons côte à côte dans la neige, sans parler. Il est difficile d'apercevoir les autres dans la tempête ; je sais seulement que nous sommes nombreux, ombres noires sans but. Seule la certitude d'avoir Alan à mes côtés me fait avancer. Parfois d'autres nous rejoignent, toujours silencieux et anonymes. Mais au fur et à mesure, notre groupe s'amenuise. Certains tombent dans des crevasses, souvent sans bruit et nous savons qu'il ne sert à rien de chercher à les aider. D'autres partent dans des directions différentes mais je sais que notre voie est la bonne. Parfois le vent se calme mais nous grimpons toujours. Soudain, quelqu'un m'agrippe le bras ; c'est un homme qui s'enfonce doucement dans la neige comme dans des sables mouvants. J'essaie de le retenir mais il cesse de se débattre et disparaît avec un curieux sourire. Beaucoup finissent comme lui et notre nombre diminue toujours. Longtemps je ne perçois plus que des ombres glissantes devant moi. La marche est interminable mais Alan est juste derrière moi, je le sais sans avoir besoin de me retourner et je continue à avancer. Enfin, nous sommes au sommet de la montagne qui surplombe une plaine immense et des forêts. Peu à peu, le vent se calme, la neige devient plus sûre. Nous avons traversé, tout danger est écarté. Soulagée, je me retourne vers lui mais derrière moi, il n'y a qu'une brume compacte, lourde, effrayante. Nous ne sommes que trois à être sortis de la tourmente. Les deux inconnus ont le même visage hagard et déjà nous savons que nous ne pourrons jamais revenir en arrière ; nous avons tout perdu, même notre mort. Un long cri rauque, intense, monte de mon désespoir. J'ai perdu Alan à jamais et je sombre à nouveau dans l'inconscience.

Je ne sus que plus tard que mes deux compagnons de traversée me portèrent dans les bois et essayèrent en vain de me ranimer. Puis, ils me laissèrent dans la forêt où je vécus seule, métamorphosée, sans aucun souvenir des évènements passés.

6. Crocs

Je cours. A mes côtés, court avec moi mon compagnon sans nom. C'est son regard et ses crocs qui m'ont séduite… Nous avons les mêmes. Depuis des nuits, je cours dans les bois. C'est là que je l'ai rencontré, aussi perdu que moi. Notre première réaction à chacun a été de se ruer vers l'autre pour l'égorger. J'avais faim, il avait peur. Mais, au dernier moment, notre ressemblance nous a arrêtés. Je sentais l'odeur de son sang provenant d'une blessure à la cuisse. Il m'a fallu plus d'une lune avant de l'approcher pour le soigner. Alors, il m'a mordu la main, puis l'a léchée. Depuis qu'il connaît mon sang, il m'est attaché. Au début, je chassais toutes les nuits pour nous deux ; je lui amenais toutes les proies que j'avais saignées. D'abord méfiant, il accepta enfin mes cadeaux. Le jour, je dors sous la terre et les feuilles, à proximité des ruisseaux où il s'installe. Quand je me réveille le soir, je trouve parfois sa chasse qu'il m'offre. La nuit, il me suit et souvent nous chassons ensemble. Sa fidélité n'est pas constante mais nous partageons la même agressivité. Je n'ai pu me résoudre à lui donner un nom. Je n'en vois même pas la nécessité car j'ai perdu le sens des mots. Peut-être son ancien maître lui en avait-il donné et peut être est-ce ce même maître qui a voulu un jour s'en débarrasser d'un coup de fusil. Pour moi, il est juste le Chien. Maintenant que je n'ai plus rien d'humain, sauf ma haine, seul cet être malade me permet de voir mon reflet dans le regard d'un semblable.

7. Ange

Peu à peu, son poil sombre se teintait d'argent, ses reins s'affaiblissaient, ses courses étaient moins vives et son regard se voilait. Lorsqu'il mourut, sans douleur, je décidai de quitter les bois. Je marchais longtemps en direction des lumières que j'avais jusqu'alors évitées.

Je m'arrête à la lisère. Face à moi, un mélange de couleurs, d'odeurs, de bruits, d'êtres. C'est une fête foraine et peu à peu, j'arrive à distinguer les rires, la musique, les mots. J'avance dans ce brouillard vivant, agité, je frôle des êtres qui ne perçoivent pas ma présence et qui papillonnent, se mélangent, se déforment sans que j'arrive à les distinguer. Alors je le vois, ses longs cheveux blonds s'étirent autour de ses yeux bleus immenses dont les cernes accentuent la profondeur de la tristesse. Il tend ses longs bras vers moi et je suis fascinée par ses lèvres fines qui articulent un nom, mon nom. Laelys. L'Ange m'appelle et je cours me blottir entre ses bras.

Longtemps, je suis restée au creux de sa chaleur. Il m'a offert sa gorge pour que je boive à sa source. Le sang des animaux m'avait permis de survivre, mais le sien me faisait vivre de merveilleux voyages. Lassé de la douceur du ciel, il avait voulu connaître le cœur des hommes et ce qu'il avait vu l'avait anéanti. Leurs pensées, leurs secrets, leurs passions, leurs colères et leurs haines l'avaient submergé et il se débattait dans cette toile sordide. C'était un enfant perdu dans le monde des humains. Je buvais goulûment toutes ses craintes, tous les sentiments qui lui appartenaient maintenant comme pour les rendre miens et il finissait épuisé, soulagé, affaibli. Je voulus l'épargner en courant chasser au loin, vers d'autres nourritures. Tapie, j'observais alors le mouvement des humains et ma nouvelle connaissance de leurs pensées intimes me permettait de choisir mes proies. Les âmes les plus sordides, les plus perverties, je les traquais impitoyablement et me repaissais de leurs derniers soupirs. Plus leurs actes étaient noirs et plus je me délectais lorsque leurs yeux croisaient les miens et qu'ils comprenaient le sort que je leur réservais. Mais toujours je revenais vers l'Ange après mes errances, il m'appelait, il m'attendait et je ne pouvais m'empêcher de fondre dans ses bras et de m'abreuver. Peu à peu, son goût se mit à changer au fur et à mesure que ses bras se décoraient de fleurs bleutées. Son sang altéré m'enseignait maintenant d'autres voyages, d'autres consciences, la chimie des êtres. Et son corps s'affaiblissait. Plusieurs fois, il me promît d'arrêter et je croyais pouvoir le sauver de son désespoir et préserver la saveur unique de son sang en limitant mes prises. Peu avant l'aube, revenant d'une dégustation clandestine de pêchés, je trouvais son corps froid, ses yeux vides, ses lèvres tendues en un pâle sourire. Un hurlement profond éclata de mon ventre tel un coup de poing tendu vers le ciel. Je l'ai enveloppé dans ses ailes atrophiées et je l'ai porté vers la mer. Son corps amaigri a mis du temps à sombrer et le soleil naissant a animé ses yeux d'un dernier regard doré. J'ai couru vers un abri, habitée par la folie.

8. Massacre

La nuit, je hantais les ombres, je passais sans bruit près des lieux animés, je glissais dans l'obscurité. La plupart des passants ne me remarquaient même pas mais que l'un d'entre eux vienne à ralentir le pas, si sa tête se tournait un tant soit peu vers moi, même si je savais qu'il était difficile de me discerner dans le noir qui m'entourait, ma furie se déchaînait et je frappais. Je tuais, j'éventrais, je lacérais, j'égorgeais tous les enfants paumés qui remarquaient ma présence, qui risquaient de me reconnaître. Aucune innocence ne trouvait grâce à mes yeux. Je m'acharnais sur leurs corps flétris, frustrée de leur mort trop rapide qui m'empêchait de jouir plus longtemps d'éparpiller leur vie, de m'éclabousser de leur chair et de leur sang. Je repartais alors errer vers d'autres cachettes, incapable de fuir le bruit des humains mais incapable de le supporter. Le jour se passait au fond d'une grotte enfouie dans les falaises, bercée par la mer.

Une petite fille aux longs cheveux blonds, maigre, aux genoux écorchés et aux yeux clairs est assise seule au milieu d'une immense cour. Elle joue avec des osselets rouges en chantant toujours la même comptine :

> *Un, deux, trois, je courrais dans les bois*
>
> *Quatre, cinq, six, un ange en sacrifice*
>
> *Sept, huit, neuf, mon cœur est encore veuf*
>
> *Dix, onze, douze, mes lèvres sont toujours rouges*
>
> *Dépêche-toi*

J'ouvre les yeux sur le fond de la grotte. Toujours la même chanson. Même les monstres ont des rêves.

9. Larmes

Je continuais mes chasses nocturnes, perdue dans mes tueries. Une nuit, me relevant de mon festin, je le vois, de l'autre côté de la rue, abandonnant sa victime au même moment que moi. Je croise son regard de tueur, ses yeux m'appellent. Je vais à lui, « Moloch, tue-moi ». « Oui, Laelys, tu es un monstre comme moi, tu tue ceux qui te cherchent, ceux qui t'attendent, ceux qui viennent vers toi. Viens dans mes bras, sans peur, trouver le réconfort, et tu connaîtras enfin le repos. Mes dents ardentes ouvriront dans ton corps le passage vers la mort. Viens que je t'apaise. Tu as trop couru, tu peux te reposer maintenant ». Je tends tout mon corps vers lui pour qu'il m'emporte loin de la furie. Il m'enlace, il me serre, j'attends sans crainte la délivrance. Mais brutalement, il me relâche. « Non, je ne peux pas, il faut que tu restes encore. Pour la première fois, je ne peux donner ce qu'on me réclame ». Et soudain, dans ses yeux de braise, des larmes sont apparues. J'ai pris doucement son visage durci dans mes mains et je les ai léchées. Alors tous mes souvenirs sont revenus, Alan, l'accident, Eva et son crime, mon désespoir, les errances, la solitude, les douleurs, la haine, tout a ressurgi en une vague brutale qui m'a fait tituber.

Eva, je cours encore, je cours toujours, je cours pour retrouver Eva, je la cherche partout, pour la tuer, pour me nourrir de sa souffrance, pour lui faire payer ma douleur de son sang.

10. Asile

Je me tiens devant le grand bâtiment blanc. Eva est là. J'ai retrouvé sa piste. Après le meurtre d'Alan, ils l'ont enfermée là, depuis plusieurs années. Je passe dans les couloirs, j'entends la respiration confuse des fous endormis, abrutis par les cachets. J'entre dans la chambre aux murs lisses. Elle est là, elle ne dort pas, debout, elle m'attend. « Enfin, te voilà, j'ai espéré si longtemps ». Je la regarde me sourire, me tendre les bras. « Comme tu es belle ! », ajoute-t-elle, « tu es forte, pleine de vie ». « Pourquoi ? Pourquoi l'avoir tué ? » « Oublie Alan, il est sans importance, je l'ai sacrifié pour toi, regarde ce que tu es devenue, c'est grâce à moi que tu as ce pouvoir maintenant, et c'est toi qui m'as attirée vers Alan, je savais pouvoir te transformer, te faire sortir des ombres et te donner la vie éternelle pour que tu me la transmettes maintenant ». Je me rue vers elle, sa gorge vibre entre mes crocs quand elle me dit « Oui, je veux devenir comme toi, vas-y, tue-moi » et elle part d'un long rire strident. Je la repousse « Non, tu ne pourras jamais être comme moi, ta vie, je te la laisse, elle ne m'intéresse pas ». Quand je repars dans les longs couloirs froids, je l'entends au loin « Non, Non, ne me laisse pas, tu me dois tout, je t'en supplie, reviens, tu es à moi… ». La nuit est claire et, pour une fois, je n'ai pas tué.

11. Harpies

Devant l'asile, une grande place vide. Pourtant, je vois trois formes qui mènent un ballet étrange. J'approche. Un homme au centre se balance d'un pied sur l'autre tandis qu'un couple lui tourne autour. Lui est un albinos aux longs cheveux jaunis, son corps souple et agile dégage une grande froideur. Elle, une grande femme puissante, au visage barré d'une cicatrice profonde ; on ne peut la regarder sans ressentir de la douleur mais cela ne fait qu'ajouter à sa beauté. Ils vont et viennent autour de l'homme, murmurant quand ils s'approchent puis se reculant vivement en le laissant battre des bras autour de lui. Ils finissent par le laisser partir, trébuchant, hagard. Et ils fondent aussitôt vers moi. Ils parlent ensemble, tout en bougeant, l'un commençant une phrase que l'autre finit, et cette conversation croisée tisse une nasse confuse qui se referme autour de moi

« Heureux... de te voir, Laelys... Tu te souviens... de nous ? ». Oui, la traversée dans la neige. « Tu as l'air... en forme maintenant ». Ce sont eux qui m'ont portée dans les bois quand j'étais évanouie. « Tu as vu... Eva ? Et tu ne l'as... pas tuée... tant mieux... c'est notre... nourriture préférée ». Nourriture ? « Tu as enfin... compris qu'il vaut mieux... les laisser en vie... pour en profiter... le plaisir... dure plus longtemps... leurs peurs... leurs doutes...on peut les attiser... leur douleur... est si douce... la faiblesse... des humains... est un éternel... émerveillement... mais toi-même, Laelys... Eva... ne t'a pas tout dit... Sais-tu... qu'elle a eu... un enfant... de cette nuit... tragique » Un enfant, je n'ai pas vu d'enfant. « On lui a ... enlevé à la ... naissance... une très jolie... petite fille... qui doit avoir... dix ans maintenant ». Dix ans, tant de temps ? Un enfant d'Alan, un enfant qui est aussi le mien. Ils s'écartent au moment de ma certitude et une fois de plus je cours, je cours chercher cet enfant qui est là quelque part, seule dans la nuit, mon enfant.

12. Soleil

Cet enfant, j'ai fini par la retrouver. Elle dort, paisible dans son lit du refuge et je viens la voir toutes les nuits pour la regarder dormir, lui parler, la toucher. C'est la petite fille de mes rêves. C'est toi, Marie. Je pars à l'aube repue de ton souffle tranquille, des sourires que parfois tu m'adresses en rêve. Dors mon bel enfant, je veille sur toi. J'aimerais voir tes grands yeux clairs se porter sur moi sans horreur, sentir ta main chaude dans ma main serrer très fort pour être sûre que je suis bien là, que je ne te lâche pas, marcher ensemble au bord de la mer, courir après un ballon de plastique jaune comme le soleil, entendre ton rire quand je te chatouille, soigner tes bobos avec des baisers.

Un matin, le désir est plus fort que la peur, je veux te voir vivre, je veux voir mon reflet dans tes yeux profonds, je sors dans les premières lueurs. Je ferais peut-être mes derniers pas mais ils iront vers toi. Tu es là, tu lèves la tête de tes osselets, tu me vois, tu me reconnais, tu coures vers moi en souriant et en criant « Maman ! ». Quand je sens ta chaleur dans mes bras et que le soleil nous effleure, je sais que je suis humaine.

Souvenirs d'outre-cœur, voyages d'une autre terre, histoires de mon chemin, mémoires imaginées, rencontres décalées, altérées, renversées, personnages dérangés, émotions incarnées, une façon d'inventer la vie, au fil du temps qui se défait, au rythme d'une énergie sans cesse renouvelée.

Maintenant il est temps de me taire et de vous laisser à vos propres voyages...

POSTFACE POUR LES CURIEUX

Si vous êtes arrivé au bout de cet ouvrage, je vous remercie d'avoir accueilli mon univers symbolique. Si vous êtes allé directement à la fin du livre, c'est bien aussi car chacun est libre de voyager dans ces lignes comme il lui convient. Dans ce cas, j'espère que ce chapitre vous donnera envie de revenir en arrière pour découvrir mes textes…

J'écris depuis mon enfance ; voici le premier poème dont j'ai gardé la trace, j'avais 10 ans.

Paysage triste

> *Nus, les arbres sont, en cette saison, déshabillés.*
>
> *A la cime, il leur reste quelques feuilles se balançant,*
>
> *Toutes petites dames rousses voulant résister.*
>
> *Hibernant*
>
> *A la langue fourchue*
>
> *La vipère*
>
> *Ici mue*
>
> *Et va se cacher dans son trou pour ainsi échapper au vent d'hiver.*

Bon, ce n'est pas de la grande littérature mais on peut y voir déjà ce désespoir qui m'a longtemps accompagnée. J'ai très peu de photos de mon enfance et ma jeunesse. Par contre, j'ai conservé précieusement tous les textes que j'ai écrits, comme un trésor de mots qui me réconfortaient. Je me disais que si j'arrivais à écrire ma souffrance, cela lui donnerait un sens et qu'elle serait plus facile à supporter. Je travaillais ma douleur comme un alchimiste et je la déposais régulièrement sur le papier. Guérir par l'écriture n'est pas une idée nouvelle, je l'ai pratiqué toute ma vie. Ceux qui ont lu mes précédents ouvrages comme *Guérir par l'énergie* et *Pour une écologie de la guérison* connaissent mon passé de maltraitance et le long chemin de guérison que j'ai suivi. L'écriture est indissociable de ce chemin ; j'ai découvert très tôt l'énergie des mots, connue de nombreuses cultures, magie des mots parlés et écrits. Notre société de l'information, elle, dilue cette magie dans la profusion et le bruit.

Ce livre est donc là pour vous donner ma version de la guérison par l'écriture. Ces histoires symboliques sont venues dévoiler des schémas inconscients, exprimer des peurs, révéler un paysage intérieur peuplé de sous personnalités. Ceux qui apprécient le travail de Carl Jung connaissent déjà la puissance des symboles ; j'espère que les autres en verront un aperçu grâce à ce petit livre. Les histoires peuvent sembler naïves, elles rappellent les contes de notre enfance car c'est ainsi que vous pouvez accéder le mieux à votre inconscient. L'écriture simple est justement un choix, une pratique délibérée et exigeante pour faire taire le mental et laisser venir à moi l'essentiel. Et cet essentiel est souvent très simple… Bien sûr, cet univers symbolique est le mien, il se peut que les images ne vous parlent pas, voire vous dérangent. Car si pour moi le dragon représente ma force intérieure et archaïque, pour d'autres, cela figurera un danger ou une peur. Mes textes n'ont pas d'autre but que d'illustrer ma démarche d'écriture pour vous motiver à accomplir votre propre chemin. Car, comme dans l'interprétation des rêves, chaque univers inconscient a ses propres symboles et personnages ; à vous de découvrir et de faire vivre les vôtres.

Cet ouvrage a aussi son histoire. Les nouvelles qui le composent sont donc des textes que j'ai écrit de l'adolescence jusqu'à plus récemment, environ une dizaine d'années. À cette époque, je ne faisais rien lire de ce que j'écrivais. D'ailleurs, comme je vous l'ai dit, ils étaient uniquement destinés à ma propre démarche intérieure et je ne m'étais jamais projetée vers un lectorat. J'ai commencé à en faire lire certains à mon entourage proche. Je me suis rendue compte que mes mots touchaient les gens, et leur faisaient du bien. À chaque fois venait la question : « Pourquoi ne pas publier ? ». Cela me semblait inutile, jusqu'à ce que quelqu'un me dise « Si tu les publies, tu pourras toucher des personnes que tu ne connais pas et qui peuvent en avoir besoin ». Cela m'a troublée, surtout que j'avais très peur du regard des autres et de leur jugement. Mais l'idée a mûri doucement. Deux ans après, j'avais constitué cet ouvrage pratiquement dans sa forme actuelle. Je me rappelle l'avoir fini le jour de mes 44 ans ! Je l'ai alors diffusé plus largement sous forme numérique. J'ai ainsi pu expérimenter toutes les situations. La première expérience était de rencontrer quelqu'un qui insistait beaucoup pour lire mon ouvrage, le lui envoyer et ne plus avoir aucun retour. Bien évidemment, dans un cas comme cela, on imagine le pire... alors que bien souvent, la personne l'a mis dans un coin et a juste oublié de le lire. J'ai aussi eu des fans, et cela m'a aidé à supporter la première catégorie de (non)retours. Enfin, il s'est passé quelque chose de très déstabilisant. Un couple d'amis très proches m'a littéralement agressée à cause de ce que j'avais écrit ; je me souviens que j'étais assise sur une chaise, chez moi, et ils étaient debout, à me sermonner comme une petite fille qui aurait raté sa dictée... Ils étaient même venus avec 3 feuilles manuscrites pleines de remarques et de jugements. Ils n'ont pas voulu entendre ma démarche, je n'ai d'ailleurs pas cherché à me défendre tellement j'étais sidérée. Cet épisode m'a bouleversée, je me suis dit que j'étais si mauvaise que je ferais mieux d'arrêter d'écrire ! Mais l'envie et l'habitude étaient trop fortes, j'ai repris l'écriture en me disant qu'après de telles critiques, j'étais armée pour recevoir tous les refus des éditeurs. Ces amis m'ont donc permis d'aller au-delà de ma peur du jugement, merci à eux. J'ai compris par la suite que le travail sur l'énergie des mots pouvait avoir un impact différent selon les lecteurs et que l'agressivité peut survenir si quelqu'un se sent touché trop intimement. À présent, je choisis de m'entourer de relations bienveillantes et de me détacher des retours non constructifs.

J'ai conscience que cet ouvrage est un objet inhabituel ; il peut aussi être une inspiration pour vous lancer vous aussi dans l'écriture symbolique. J'ai choisi de varier les genres : poèmes, nouvelles, haikus… afin de ne pas me contraindre dans une forme. L'expression se définit d'elle-même selon l'émotion et l'énergie qui lui est liée. Il est important de conserver cette liberté pour accueillir tout ce qui vous compose. Le fil conducteur est constitué de l'histoire de la Reine blanche qui apparaît régulièrement en italique. On peut dire que c'est l'héroïne de mon histoire de guérison, peut-être parce que c'est celle qui me ressemble le plus. Son récit est donc parsemé de rencontres, d'expériences, d'aventures illustrées par les autres textes. Enfin, quelques lignes pour ceux qui s'interrogent sur la signification du symbole de couverture. Si les mots portent une énergie, tous les signes aussi et différentes pratiques de guérison les utilisent. Ce symbole m'est personnel : il représente l'épée sous forme de croix verticale et le dragon sous forme d'ouroboros symbolisé par le cercle. Vous aurez compris à la lecture de mes textes que ces deux symboles sont fondateurs pour moi ; les assembler dans ce dessin qui est devenu ma signature est aussi une guérison par l'intégration. Je vous invite également à tenter l'expérience de développer vos propres symboles et représentations. Si vous souhaitez me faire un retour ou être accompagné sur ce chemin de guérison par l'écriture, n'hésitez pas à me contacter sur mon site www.energicienne.com ou par email energicienne@gmail.com.